탁무성 퓨전 판타지 소설
FUSION FANTASTIC STORY

탁무성 퓨전 판타지 소설
FUSION FANTASTIC STORY

이모션 디피션트 5

탁무성 퓨전 판타지 소설

초판 1쇄 찍은 날 § 2010년 7월 30일
초판 1쇄 펴낸 날 § 2010년 8월 9일

지은이 § 탁무성
펴낸이 § 서경석

편집팀장 § 서지현
편집책임 § 주소영
편집 § 이수민

펴낸곳 § 도서출판 청어람
등록번호 § 제1081-1-89호
등록일자 § 1999. 5. 31
어람번호 § 제1-1169호

주소 § 경기도 부천시 원미구 심곡2동 163-2 서경B/D 3F (우) 420-822
전화 § 032-656-4452 팩스 § 032-656-4453
http://www.chungeoram.com
E-mail § chungeoram@chungeoram.com

ISBN 978-89-251-2244-1 04810
ISBN 978-89-251-1979-3 (세트)

EMOTION DEFICIENT

FUSION FANTASTIC STORY

탁무성 퓨전 판타지 소설

이모션 디피션트

5

[완결]

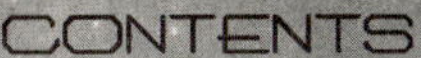

CONTENTS

CHAPTER 01
두 개의 드래곤 하트

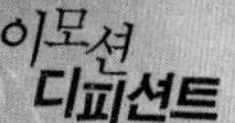

휘이잉~

생명의 기운이라고는 찾아볼 수 없는 모래의 호수를 위로 하듯, 한줄기 바람이 모래 호수를 쓰다듬으며 지나갔다.

모래의 호수는, 그 손길에 모래 알갱이를 실려 보내는 것으로 감사를 표했다. 몇 달 전 입었던 어마어마한 상처를 바람의 보살핌으로 대부분 회복할 수 있었기 때문이다.

4일 전에 작은 생채기를 내며 그녀의 품을 파고든 것이 있었지만, 그것은 말 그대로 생채기에 불과했기에 바람의 도움까지는 필요치 않았다.

그렇게 그녀에게 생채기를 내며 애트란으로 돌아온 키아

스와 위즈는 바쁘게 움직이고 있었다.

"아함… 쩝… 보석까지 다 옮겼어."

자신에게 맡겨진 임무를 모두 완수하고 돌아온 키아스가 따분하다는 듯이 하품을 하며 말했다. 수송 머신들이 물건을 나르는 모습을 4일이나 감독하다 보니 지루하기 그지없었다.

"그래? 수고했어."

뭔가에 집중한 채 건성으로 대답하는 위즈였지만, 키아스는 별로 개의치 않고 의자에 몸을 던지며 물었다.

"드래곤 하트를 안정화하는 작업은 아직 멀었어?"

"조금 기다려 봐. 지금 23번째 조정을 마치고 실험 중이니까."

위즈는 애트란에 돌아오자마자 구디의 드래곤 하트를 애트란의 마나 코어에 장착했다. 그리고 두 개의 드래곤 하트를 안정화하려고 노력했지만 쉽지 않았다. 드래곤 하트가 가진 속성이 달라 두 개의 마나가 충돌을 일으켰고, 마나 양의 차이 때문에 출력이 일정하지 않았기 때문이었다.

하지만 스무 번의 시도 끝에 전혀 생각지도 못했던 현상을 발견했고, 그것을 이용해 세 번째 시도를 하고 있는 중이었다.

띠릿!

"됐다!!"

한참을 모니터에 집중하던 위즈가 벌떡 일어서며 소리쳤다. 모니터에는 마나 코어가 안정적으로 에너지를 공급하고 있다는 신호가 들어와 있었다.

"뭐… 뭐야?"

꾸벅꾸벅 졸던 키아스가 반쯤 풀린 눈으로 고개를 획획 돌리며 일어났다.

"그새를 못 참고 졸았냐?"

"아~함. 언제부터 그새가 네 시간을 뜻하는 말이 됐냐?"

"어라, 언제 시간이 이렇게 됐지?"

"아무튼. 이제 끝난 거야?"

"그래. 예상보다 훨씬 결과가 좋아."

"뭔데 그래?"

키아스의 물음에 위즈는 씩 웃으며 모니터를 손가락으로 가리켰다.

키아스는 시큰둥한 표정을 지으며 위즈가 가리킨 모니터를 바라보다 몸을 벌떡 일으켰다.

"어? 마나가 왜 이렇게 많아?"

그를 일어서게 한 것은 예상보다 훨씬 많은 애트란의 마나였다.

퓨텔의 경우에 비추어 볼 때 구디의 5기가 드래곤 하트에서 사용할 수 있는 마나는 약 1.5기가였다. 따라서 애트란의 보유 마나는 두 드래곤 하트의 마나를 합쳐 약 2.4기가 정도여야 했다.

그런데 모니터에는 두 배 가까이 되는 4.6기가의 마나가 표시되고 있었다.

"내가 4일 동안 허송세월한 줄 알았냐?"

키아스의 놀란 모습에 흐뭇한 미소를 지으며 위즈가 설명을 이어갔다.

"처음에는 두 종류의 마나를 융화해 순수한 마나와 비슷하게 만들려고 했어. 그런데 세 번째 시도 후에, 여섯 가지로 분리되어 있는 마나를 두 가지로만 융화한다는 건 불가능하다는 것을 알게 됐지."

"그래서?"

"그래서 그냥 두 종류의 마나를 직접 마나 코어로 유입시켰지. 너도 알다시피 애트란에 장착된 2세대 마나 코어는 마나의 충돌로 에너지를 만들잖아? 그것을 이용해 보려고 시도한 거야."

"우리가 사용하는 순수한 마나가 아니라도 어차피 마나가 충돌해 발생하는 에너지를 이용하는 거니까?"

"그렇지!"

"미친… 그러다 마나 코어가 손상이라도 입으면 어떻게 하려고? 수리할 부품도, 기술자도 없는데."

아무런 검증 없이 마나 코어를 가지고 실험을 했다는 위즈의 말에 키아스가 어이없다는 듯이 고개를 저었다. 만약 실험이 잘못되어 마나 코어의 내부에 문제가 생겼다면, 그들이 고향으로 돌아가기 위해 노력해 온 것이 모두 물거품이 되어 버릴 게 확실했다.

"뭐, 결과는 성공적이잖아? 마나가 두 배가량 증가했으니까. 이대로라면 드래곤 하트를 하나만 더 구해도, 충분한 마나를 얻을 수 있을지 몰라."

키아스의 타박에도 불구하고 위즈는 어깨를 한 번 으쓱하고 말았다.

"원인은 파악했어? 그리고 제어는 가능해?"

"원인은 추측일 뿐이지만, 제어는 완벽하게 가능해. 그걸 위해 추가 실험까지 마친 상태야."

위즈는 정확한 원인은 알지 못했지만, 퓨텔의 레어에서 얻은 마법적 지식과 미기의 도움으로 어느 정도 추측할 수 있었다.

그것은 마나의 상생 관계였다.

여섯 가지 마나는 각각 상생과 상극의 관계를 가지고 있었는데 불은 바람을 일으키고, 바람은 불이 더 커지도록 하는 관계였다. 따라서 예상보다 훨씬 많은 에너지를 얻는 것은 당연한 결과였다. 그리고 드래곤 하트에서 추출한 마나와 마나 코어에서 얻은 에너지를 계산한 결과, 4.6기가의 마나를 안정적으로 얻을 수 있게 된 것이다.

"그렇다면 다행이고. 아무튼 다음부턴 그런 무모한 일은 벌이지마. 넌 우리 중 그 누구보다 치밀하고 확실한 계획을 가져야 하는 작전관이란 걸 잊지 마."

"알았어. 그래도 가끔은 이런 도박이 필요할 때가 있는 거야. 확률도 제법 높았고."

"쳇. 뭐 결과가 좋으니까 더는 말 안 할게. 그럼 이제 드래곤 하트는 하나만 더 구하면 되는 건가?"

"만약 이런 식으로 된다면 하나만 더 구해도 50% 정도의 마나를 확보할 수 있을지도 몰라. 100%가 된다면 좋겠지만 50%만 되도 이 행성을 빠져나가는 것에는 문제가 없어."

애초에 위즈가 계산한 바로는 약 36%에 해당하는 5.4기가 마나만 있어도 행성 탈출 속도를 얻을 수 있었다. 그런데 위즈의 도박 덕분에 보다 충분한 양의 마나를 확보할 수 있게 된 것이다.

더구나 드래곤 하트 하나라면 드래곤을 잡지 않고 로테르 제국을 수복하면 얻을 수 있었다. 그들의 목표를 달성하는 것이 훨씬 쉬워진 것이다.

"좋았어. 희망이 보이는군."

"희망이 보이는 정도가 아니지."

"그게 무슨 소리야?"

키아스가 씩 웃으며 손가락을 좌우로 흔드는 위즈를 돌아보며 물었다.

"이제 애트란 기동이 가능하고, 그럼 이 대륙의 국가 간 전쟁은 걱정할 게 없다는 이야기지."

"뭐?"

"30%에는 조금 모자라지만, 이 행성에서 기동하는 것만이라면 애트란을 활용할 수 있다 이거지."

"30% 정도로 그게 가능해?"

"물론 셀레스틱 캐논은 사용할 수 없겠지. 그래도 마나 캐논 일부와 실드를 가동할 정도는 돼. 그리고 정 마나가 모자라면 바위를 가득 싣고 공중에서 떨어뜨리는 것으로 피해를 줄 수도 있지."

사실 30% 정도의 마나로는 마나 캐논을 절반만, 그것도 단 한 번 사용할 수 있을 뿐이기에 큰 기대를 할 수는 없었디.

하지만 단 한 번이라도 마나 캐논을 사용한다면 전투에서 기선을 제압할 수 있고, 까마득한 상공을 비행하는 애트란에서 떨어뜨리는 바위나 자갈도 위협적인 무기가 될 것이다.

또, 애트란을 이용하면 대규모 병력을 신속하게 이동시킬 수 있는데, 그것은 전쟁의 향방을 가를 수 있는 커다란 변수다.

“하긴, 그 정도만 되어도 이 행성의 전투에선 큰 도움이 되겠네.”

위즈의 설명에 키아스가 고개를 끄덕였다. 드래곤과의 전투가 아닌 이상 그 정도의 화력만으로도 충분히 도움이 되고, 적에게 두려움을 줄 수 있다고 생각한 것이다.

“그럼 지금 애트란을 이동시키려면 미기의 운영 권한을 재설정해야 되는데…… 케니안 없이 가능한가?”

“네가 부사령관이고 내가 작전관인데 그거야 가능하지. 케니안, 벨쥬브, 너, 나 이렇게 네 명이 운영 권한을 가지게 수정하자.”

미기의 운영 권한은 사령관인 케니안에게 있었다. 다만 기가스를 타고 직접 출격하는 경우가 많은 케니안이 불의의 사고를 당할 때를 대비한 비상 코드가 있었는데, 부사령관과 작전관의 동의가 있으면 운영 권한을 다수의 사람에게 부여할 수 있었다.

“벨쥬브까지?”

“그래. 안 그럼 자기만 따돌렸다고 성질부릴 게 뻔하니까.”

“그래도… 음…….”

키아스는 왠지 찜찜했다. 벨쥬브는 동료이고, 그에게 운영 권한을 주지 않으면 반쯤 미쳐 날뛸 것이 분명했지만, 그래도 찜찜한 건 찜찜한 것이었다.

"걱정 마. 우선순위는 최하위로 둘 테니까."

그런 키아스의 찜찜함을 위즈도 느꼈는지, 나름의 대비책을 마련했다.

운영 권한에 우선순위를 두면 동시에 두 명 이상이 명령한다 해도 미기는 우선순위에 따라 명령을 따르게 되어 있었다.

"뭐, 그럼 상관없겠지. 혼자 애트란에 타지 못하게 하면 되니까."

"그럼 이제 출발할까?"

"뭐야. 그럼 난 4일 동안 헛일한 거네?"

설명을 마친 위즈가 애트란을 움직여 출발하려 하자 키아스가 투덜거렸다.

그도 그럴 것이, 애트란의 물건들을 기껏 강습 전투함으로 옮겼더니, 애트란을 통째로 움직이게 되었으니 말이다.

"아니야. 반드시 필요한 일을 한 거지."

"응? 애트란으로 이동할 건데 굳이 애트란에 있는 물건을 강습 전투함에 옮길 필요가 있어?"

"로테르 왕국의 수도 근처에는 애트란 같은 거대한 전함이 기착할 곳도 없고, 무엇보다 애트란은 비밀 병기로 남겨둬야지. 아직 첩자가 득시글댄다는 것을 잊으면 안 돼."

"그럼 애트란은 어떻게 할 거야?"

“일단 드래곤 레어가 있던 산맥 근처에 숨겨두고 강습 전투함을 타고 돌아가야지.”

“생각보다 일이 잘 풀렸네? 헛수고한 것도 아니고, 애트란도 움직일 수 있고. 또 성공률은 높아지고, 위험은 적어지고. 좋았어!”

“뭐가 그렇게 좋아요?”

리듬까지 타가며 소리치는 키아스를 향해 페이린이 물었다.

“아… 아니야. 그냥 일이 잘 풀리는 것 같아서. 하하!”

키아스는 느닷없이 브릿지로 들어와 묻는 페이린에게 멋쩍은 듯 머리를 긁적이며 대답했다.

“뭔지 모르지만 잘돼서 다행이네요. 전 전혀 진전이 없는데.”

페이린은 풀이 죽어 힘없이 대답했다.

“너무 성급하게 생각하지 마. 돌아가는 대로 보텔 공작님이 정령술사를 소개시켜 준다고 했으니 마음 편히 먹어.”

“네.”

그녀는 자신이 정령술에 재능이 있다는 것을 알고, 지난 4일 동안 그 힘을 사용하기 위해 노력했었다. 하지만 아무리 노력해도 어떻게 정령을 소환하고 부릴 수 있는지 알 수 없었다. 정령이 나타났던 그 상황을 되새겨 보아도 소용이 없었다. 그때

만큼의 절박함이 없어서였지만, 그녀는 그 사실을 모르고 있었다.

끙끙대는 페이린을 위해 위즈는 정령술에 관한 몇 권의 책을 찾아 그녀에게 건네주었다.

하지만 페이린은 책에 적힌 내용이 도통 무슨 소리인지 이해할 수가 없었다. 그도 그럴 것이, 위즈는 퓨텔의 레어에서 가져온 책을 주었던 것이다.

드래곤은 최상의 정령 친화력을 가지고 태어났다. 그래서 나이를 먹어감에 따라 성장한 드래곤 하트가 감당할 수 있는 정령을, 특별한 수련 없이도 소환할 수 있었다.

그래서 퓨텔이 가지고 있던 책 중에는 정령술의 기본이나 소환 방법에 관한 것은 없었다. 모두 상급 이상의 정령에 관한 것이거나 드래곤만이 할 수 있는, 정령을 이용한 아티펙트를 만들고 사용하는 것에 관한 것이었다.

최고의 인간 정령술사라도 그 수준을 따라갈 수 없는데, 생초보인 그녀가 그것을 이해할 수 있을 리가 없었다.

더 큰 문제는 그녀에게 정령술에 재능이 있는 것이 아니란 것이었다.

케니안과 보텔의 대련 때 나타났던 정령들은, 그녀의 귀에 걸려 있는 윌 오브 윈드라는 한 쌍의 특수한 귀걸이 덕분에 소환할 수 있었던 것이었다. 따라서 그녀 혼자 정령을 다시 소환한다는 것은 거의 불가능한 일이었다.

그녀가 풀이 죽어 있는 또 다른 이유는 케니안에 대한 섭섭함이었다.

아무리 멀리 떨어져 있어도 서로 연락할 수 있다는 것을 알고 있던 그녀는, 며칠 지나면 케니안으로부터 연락이 있을 것이라 생각했다.

그런데 지금까지도 아무런 연락이 없자, 그에 대한 섭섭함이 더 커지고 있었던 것이다.

그런 그녀를 보며 위즈와 키아스는 괜스레 미안해졌다.

특별히 그들이 미안해할 일은 아니지만, 케니안의 당부에도 불구하고 지난 4일 동안 자기 일에 바빠 그녀를 혼자 놔둔 것이 마음에 걸린 것이다.

결국 그녀를 기쁘게 만들 수 있는 말을 생각한 위즈가 대뜸 물었다.

"준비됐어?"

"네? 뭐가요?"

"가족을 만날 준비 말이야."

"아!"

그제야 페이린의 얼굴에 화색이 돌기 시작했다.

그녀가 위즈와 키아스를 따라온 이유는 그녀의 가족을 설득하기 위한 것이었다. 그런데 정령술에 대한 고민과 케니안에 대한 서운함에 그것을 잊어버리고 있었던 것이다.

"가족이 좋긴 좋구나. 가족이라는 단어만으로 얼굴에 미소를 띨 수 있으니."

"그러게. 우리 가족은 언제 볼 수 있을까?"

하지만 페이린을 기쁘게 만들려 꺼낸 가족이란 단어에 그들이 우울해졌다. 그들도 가족을 보지 못한 지 오래됐을 뿐만 아니라, 어쩌면 영영 보지 못할지도 몰랐기 때문이다.

"그러니 조금이라도 빨리 움직여야지."

잠시 각자의 가족에 대한 그리움에 빠져 있던 위즈와 키아스는 다시 힘을 냈다. 한시라도 빨리 가족과 재회하기 위해서는, 이렇게 그리워하고만 있기보다 계획하고 있는 일들을 빠르고 확실하게 진행해야 했다.

"자! 퓨텔의 레어로 출발!"

CHAPTER 02
이주

퓨텔의 레어에 도착해 강습 전투함에서 내려선 페이린은, 레어 입구에 늘어서 있는 사람들 중에 한 사람을 발견하자마자 달음박질쳤다.

"엄마!!"

"페이린!!"

이래서 시간은 상대적이라고 하나 보다. 몇 달 지나지도 않았건만 두 모녀는 마치 수십 년을 찾아 헤매다 만난 것처럼 서로를 부둥켜안고 멈추지 않는 감격의 눈물을 흘렸다. 두 모녀에게는 그 몇 달이 지난 세월보다도 더 길게 느껴졌을 테니까 말이다.

거기다 다시는 보지 못할 것이라 생각했던 서로를 다시 만난 반가움이 더해져, 눈물이 멈출 생각을 안 했다.

페이린의 아버지 사바도르는 그런 모녀를 묵묵히 바라보고만 있었다.

족장이란 직책이 가진 무게 때문에 모질게 딸을 대했던 그는, 딸을 믿지 못했다는 미안함에 선뜻 페이린에게 다가가지 못하고 있었다.

그때 작고 가녀린 손이 그의 손을 살며시 잡아 페이린을 향해 이끌었다.

페이린은 자신의 옆으로 다가온 손의 주인을 향해 떨리는 목소리로 물었다.

"어… 언니?"

"잘 지냈니?"

"언니!"

페이린은 그녀의 언니인 데이린을 꽉 끌어안았다. 거의 2년 만에 안겨보는 언니의 품이었다.

습관적으로 동생의 머리를 쓰다듬으려던 데이린은, 훌쩍 커버린 페이린을 통해 지난 시간의 길이를 실감하고 그녀의 등을 토닥였다.

그동안 쌓였던 서로에 대한 그리움을 그렇게 푼 자매는 곧 서로를 마주 보며 미소를 지었다.

“못 본 사이에 아가씨가 다 됐네?”

“히…….”

따뜻한 언니의 미소에 페이린은 어리광 섞인 웃음을 흘리며 애교를 부렸다. 한참을 그렇게 재회의 감격을 누리던 페이린이 화들짝 놀라며 물었다.

“아 참! 이제 아프지는 않아?”

“그래. 네가 구해준 약으로 다 나았단다. 고마워.”

“고맙긴……. 나 때문인데……. 미안해.”

그렇게 자매가 2년의 세월 동안 느끼지 못했던 서로의 체온을 마음껏 나누고 있을 때, 같은 가족임에도 불구하고 그들이 느끼는 감동을 함께하지 못한 채 지켜만 보던 사바도르가 말했다.

“돌아온 것이냐?”

그래도 페이린을 향해 던져진 말은 저번처럼 차가운 것이 아니라 딸에 대한 애정이 묻어나는 것이었다.

“아니요…….”

그럼에도 불구하고 자신을 냉정하게 밀쳐 내던 아버지의 모습이 머릿속에 남아 있던 페이린은, 아버지를 마주 보지 못하고 대답했다.

“그래? 그럼 어떻게 된 일이냐?”

“제가 말씀드리겠습니다.”

사바도르의 물음에 위즈가 대신 나섰다. 아무래도 그들이 납득할 만한 이유를 제시하고 설득하는 일은 그가 더 나았다. 페이린은 그저 그들에게 믿음을 주기 위해 데려온 것이었고, 무엇보다 아직 그녀가 아버지를 대하는 것이 불편해 보였기 때문이었다.

"여러분들을 보다 안전한 곳으로 이주시켜 드리기 위해 왔습니다."

"보다 안전한 곳?"

사바도르는 위즈의 말에 의문을 느꼈다. 드래곤 레어는 안전했다. 그들이 살았던 마을에 비할 바가 아니었다. 거기다 이 드래곤 레어를 알려준 것은 바로 저들이었다.

그런데 이제 와 다른 곳으로 이주라니?

"어디로 말이오?"

사바도르가 의문에 잠겨 있을 때 마을 장로 중 한 명이 물어왔다.

"대륙의 북쪽 끝에 있는 로테르 왕국이라는 곳입니다."

"대륙의 북쪽 끝?"

"로테르 왕국?"

위즈의 대답에 장로들은 물론이고 레어 밖으로 나와 있던 마을 사람들이 웅성거리기 시작했다. 대륙의 북쪽 끝이라는 것이 도대체 얼마나 먼 것인지, 로테르 왕국이라는 것이 어떤 국가인지 아무런 지식이 없는 그들이 웅성거리는 것은 당연했다.

"우리가 왜 이주해야 된다는 건가?"

"이곳에 머물러야만 하는 이유도 없지 않습니까?"

위즈의 되물음에, 장로는 궁색한 말을 늘어놓았다.

"그래도 선조들이 정착한 곳을 버리고 먼 곳으로 떠난다는 것은……."

사실 그들도 이주의 필요성을 느끼고 있었다. 드래곤 레어가 안전하기는 했지만 그것이 영원할 것이라고는 생각하지 않았다. 드래곤이 없어서인지, 가끔씩 들려오던 대형 몬스터의 울부짖음이 점점 잦아지고, 가까워진다는 것을 느끼고 있었던 것이다.

"이미 우리는 선조들이 정착한 곳을 버렸소. 그리고 데컴 숲은 사람이 살 만한 곳은 아니오. 특히 드래곤이 사라진 지금에는 말이오."

오가는 말을 듣고 있던 사바도르가 마음을 굳히고 담담한 목소리로 말했다.

"그렇습니다. 점점 몬스터의 울음소리가 가까워지고 있습니다."

"제 자식들을 이 끔찍한 곳에서 벗어나게 해주고 싶습니다."

사바도르의 말에 동조하는 목소리가 여기저기서 튀어나왔다.

특히 마지막 말에는 마을 사람들 대부분이 자신도 모르게 고개를 끄덕이고 있었다.

그때 몇몇 장로들이 반대 의견을 내놓았다.

"이주하면 이방인으로 취급받을 텐데, 우리는 몬스터가 아닌 인간이라는 적을 상대해야 할 것이오."

"그렇소. 우리의 선조들이 인간을 피해 데컴 숲으로 들어왔다는 것을 명심해야 합니다."

사람들은 다시 웅성거리기 시작하더니, 곧 장로들에게 동조하는 사람들이 생겨났다. 그들의 의견이 어느 정도 타당했기 때문이다.

그들은 다른 인간 사회와 떨어져 수백 년간 그들만의 사회를 구축해 왔다. 따라서 다른 인간 사회와의 문명 수준은 물론 문화와 규범도 달랐다. 그것은 결국 차별의 원인이 될 소지가 다분했다.

"물론 그럴 수도 있습니다."

생각보다 강한 반대 의견이 나오고, 그것에 동조하는 사람이 많아지자 위즈가 차분히 설득을 시작했다.

"만약 여러분들이 데컴 숲에서 벗어나 그저 몬스터의 위협이 없는 곳에서, 여러분들만의 마을을 구축하고 살아가고 싶다면 그렇게 해드리겠습니다. 하지만 낯선 인간 사회에 편입되는 것을 두려워하지 않고, 새로운 삶을 시작하겠다는 강한 의지만 있다면, 충분히 적응할 수 있습니다. 아니, 단순히 적응이 아니라 왕국의 새로운 일원으로서 굳건히 자리 잡을 수 있습니다.”

“흥. 번드레한 말은 누구나 할 수 있지.”

“자기 일이 아니라고 너무 쉽게 말하는군.”

위즈의 말은 그들에게 허황된 말로 들렸다. 도대체 어떻게 왕국의 일원이 될 수 있다는 것인가? 그저 이방인으로 배척받지 않기 위해서도 각고의 노력과 인내가 필요할 것이 분명한데 말이다.

그런 그들의 불안과 의구심을 예상하고 있던 위즈는 준비해 놓은 말을 꺼냈다.

“우리는 왕국을 제국으로 만들려는 계획을 가지고 있습니다. 그리고 그 일에 여러분들이 힘을 보탤 수 있도록 할 것입니다.”

“…….”

위즈의 말에 주위는 일순간 조용해졌다.

그것은 그만큼 충격적인 말이었다. 그들이 선조로부터 듣고 책을 통해 얻은 지식으로, 왕국이 제국이 된다는 것이 얼마나 어려운 일인지 알고 있었기 때문이다.

"왕국을 제국으로? 그렇게 강력한 왕국인가?"

잠시 시간이 지나고 사바도르가 물었다. 궁금해서 물었다기보다는 이 분위기를 깨뜨릴 수 있는 사람은 그밖에 없다는 이유가 더 컸다.

하지만 큰 의미 없는 물음에 돌아온 답은 기대와는 정반대의 것이었다.

"아닙니다. 오히려 대륙 최약소국이라고 단언할 수 있습니다."

"……."

조금 전과는 전혀 다른 의미의 침묵이 찾아왔다. 그리고 기다렸다는 듯이 커다란 혼란의 파도가 밀려들었다.

"그… 그럼 불타 없어질 게 뻔한 왕국으로 오라는 것인가?"

"아니, 대륙에서 가장 약한 왕국이 제국으로 발전한다고?"

"아무리 우리가 대륙 정세에 어둡다지만, 이게 헛소리라는 것은 알겠네."

"도대체 말이 되는 소리인가?"

위즈는 그 혼란을 즐길 만큼 즐기고 나서 물었다.

"여러분들이 지금 있는 곳이 어디입니까?"

"뭐?"

"몰라서 묻는가?"

혼란의 파도에 휩쓸리고 있던 그들은 위즈의 말뜻을 이해하지 못했다. 그래서 위즈는 다시 한 번 자신의 상황을 즐길 수 있는 기회를 얻었다.

"여러분들이 지금 서 있는 곳을 누가 제공해 줬습니까?"

"……."

위즈의 말에 혼돈은 썰물 빠지듯이 빠져나가고, 또다시 침묵이 찾아왔다.

그들은 잊고 있었다. 이들이 드래곤을 죽였다는 사실을, 그리고 눈앞에서 보았던 그 거인의 강력함을.

"그렇습니다. 우리는 드래곤을 죽일 수 있을 정도의 강력한 힘을 가지고 있습니다. 참고로 로테르 왕국을 괴롭히고 있던 드래곤도 죽였습니다."

"자네와 동료들의 힘이 강하다는 것은 잘 알고 있네. 하지만 제국을 세우는 일은 무력만으로 되는 일이 아니지 않는가?"

"물론 무력만으로 제국을 세운다는 것은 조금 어려울 수도 있습니다."

위즈는 사바도르의 말에 고개를 끄덕이며 긍정했다. 제국을 세우는 것이 어렵다는 것이 아니었다. 자신의 설득에 이들이 거의 넘어왔다는 확신에 대한 끄덕임이었다.

"하지만 바로 그 이유 때문에 로테르 왕국은 그 누구의 힘이라도 빌리고 싶어 합니다. 저희는 이미 국왕과 협의를 통해 수립된 계획을 추진 중이고, 그것에 여러분의 역할도 분명히 포함되어 있습니다. 따라서 여러분이 데컴 숲을 벗어나 대륙으로 복귀하기에 더 이상 좋은 조건은 없습니다.”

“음…….”

“그렇게까지 계획이 마련되어 있다면야…….”

“드래곤을 잡을 정도의 힘을 가진 사람들이니까, 우리가 특별히 위험한 일을 할 것 같지는 않고…….”

위즈의 힘있는 말에 사람들은 서로를 바라보며 의견을 나누었다. 그 의견들에 대부분 조금의 망설임은 있었지만 그래도 부정적이지는 않았다.

“그건 계획대로 제국이 되었을 때의 가장 이상적인 결과이고, 실패할 수도 있지 않나?”

그러나 처음에도 부정적인 의견을 내었던 펠릭스 장로가 다시 나섰다. 다만 그의 표정에는 신중함이 깃들어 있을 뿐, 다른 의도는 느껴지지 않았다.

그래서 위즈는 순순히 그 가능성도 인정했다.

“물론 그럴 가능성이 전혀 없다고 할 수는 없습니다. 그렇다고 이대로 여기에서 언제 덮쳐 올지 모를 몬스터의 공격을 기다리고만 있으시겠습니까? 대륙의 역사에서 동떨어진 채?”

“그… 그건……”

위즈가 강하게 몰아붙이자 펠릭스 장로는 주춤거렸다. 하지만 위즈는 그를 궁지로 몰아넣을 생각은 전혀 없었다. 오히려 그의 신중함을 높이 사고 있었다.

“물론 그 계획에 동참할지, 방관할지는 전적으로 여러분의 선택에 달려 있습니다. 그리고 어떤 선택을 하더라도 여러분에게 불이익은 없습니다. 하지만……”

위즈는 잠깐 말을 멈추고 자신에게 집중되어 있는 시선들을 죽 훑어보았다. 그리고 그들이 다음 말을 기다리며 긴장을 최고조로 끌어올리는 그 순간, 말을 이었다.

“이것은 여러분에게 주어지는 기회입니다. 대륙 역사의 방관자에서 대륙 역사를 새로이 쓰는 주인공이 될 수 있는 기회 말입니다. 우리는 대륙에 전에 없던 강력하고, 새로운 제국을 만들어갈 것입니다. 거기에서 어떤 역할을 할지는 전적으로 여러분의 선택에 달려 있습니다.”

위즈의 말이 끝나고도 잠시 동안은, 그 말이 가졌던 열정이 남아 사람들을 휘감고 있었다.

그들의 마음속에는 어느새 생존에 대한 욕구 대신, 인간 사회에 대한 열망과 역사에 남고 싶다는 욕구가 싹트고 있었다.

“알겠네. 이주하도록 하지.”

“사바도르님!”

사바도르는 자신을 부르는 펠릭스 장로를 쳐다보았다.

펠릭스 장로는 마을의 중대사를 아무런 협의 없이 즉흥적으로 처리하는 사바도르를 저지하려 했지만 그의 눈을 마주한 순간, 그의 의지를 꺾을 수 없다는 것을 깨달았다. 그리고 사바도르를 바라보고 있는 마을 사람들에게서 뿜어져 나오는 열의를 느낀 후, 지금은 자신의 신중함이 아닌 사바도르의 과감함이 필요한 때라는 것을 인정했다.

결국 펠릭스 장로는 뒤로 한 발짝 물러나는 것으로 자신의 의견을 표현했다.

그렇게 펠릭스 장로의 반대가 없어지자, 사바도르는 결연함이 깃든 눈으로 사람들을 바라보며 입을 열었다.

"드래곤님, 아니, 드래곤이 사라진 이상 이 데컴 숲에서 우리가 살아남을 수 있다는 것은 우리의 막연한 희망에 불과하네."

위즈는 사바도르를 위해 자리를 비켰고, 자연스럽게 사람들의 주의는 사바도르에게 집중되었다.

"막연한 희망에 매달리기보다, 우리에게 주어지는 새로운 기회를 잡고 싶네."

"단지 이자의 말만 믿고 우리 일족의 운명을 그렇게 쉽게 결정할 수 없습니다."

"그 말을 하는 자가, 드래곤을 죽인 자이네. 그리고 우리를 몬스터의 공격으로부터 지켜주고, 이 장소로 안내해 준 자이네. 그런 자가 이제 새로운 기회를 제시하고 있네."

사람들 속에서 반대의 의견이 나왔지만, 사바도르는 이번만큼은 그 어떤 반대도 용납하지 않겠다는 듯 강하게 말을 이어갔다.

"이자가 우리를 속일 이유도 없지만, 설사 속인다 하더라도 이자의 말을 믿어보고 싶네. 이번이 아니면, 우리는 영영 이 저주받은 데컴 숲을 벗어나지 못할 것이네."

"그렇습니다! 이제 오크들을 상대하는 것도 지겹습니다."

"차라리 같은 인간과 전쟁을 하고, 역사에 우리의 이름을 남기고 싶습니다!"

그런 사바도르의 의지가 전해졌는지 젊은이들, 특히 경비대원들이 큰 목소리로 외쳤다. 그리고 그 외침은, 한발 물러서 있던 사람들의 가슴에도 불을 지폈다.

"나도, 내 가족을 이런 지옥 같은 곳에서 벗어나게만 해준다면, 뭐든 할 수 있소!"

"맞습니다! 우리는 어떻게든 이곳을 벗어나야 합니다!"

사바도르는 데컴 숲에서 살면서 열정이나 희망을 잃어버렸던 사람들이 이렇게 적극적으로 변화하는 모습에 감격했다. 그리고 그 모습을 보며 다짐했다. 어떤 시련이 닥쳐오더라도 반드시 이들을 지키고, 희망이 있는 세계로 이끌어주겠다고.

"대륙 북쪽 끝에 있는 왕국이라면 우리는 어떻게 이동하면 되는가? 도보로는 이 데컴 숲을 빠져나가기도 어려울 텐데?"

사람들의 열기가 진정되자, 사바도르는 실질적인 문제에 대해 위즈에게 물었다. 열의와 들뜬 마음, 그리고 커다란 희망은 저들의 몫이었다. 사바도르의 몫은 그들이 최대한 안전할 수 있도록 실질적인 사항들을 점검하는 것이었다.

"걱정 마십시오. 여러분 모두를 한 번에 이동시킬 수 있습니다."

사바도르의 물음에 위즈가 재빨리 답했다. 이제 그가 할 일은 그들에게 열정을 불어넣는 것이 아니라, 그들이 열정을 불태울 수 있도록 안전하게 안내하는 것이었다.

"저것으로 하늘에 떠 있는 모함에 여러분들을 옮겨 드리겠습니다. 그리고 곧바로 로테르 왕국으로 향할 것입니다. 자세한 이야기는 이동 중에 더 설명드리겠습니다."

위즈는 자신의 뒤에 있는 강습 전투함을 가리키며 말했다.

강습 전투함은 애트란에 비하면 터무니없을 정도로 작았지만, 이천여 명에 불과한 마을 사람들을 옮기기에는 충분했다. 강습 전투함 안에서야 조금 불편하겠지만, 잠깐만 참고 애트란까지만 가면 그들에게 충분한 편의가 제공될 것이었다.

"가지고 가야 할 것들은 모두 가져오셔도 됩니다. 준비를 마친 분들부터 차례로 나와주십시오. 그리고 지금이라도 이곳에 남고 싶은 분들은 남아도 됩니다."

"그건 안 되네!"

위즈의 말에 사바도르가 굳은 얼굴로 단호하게 소리쳤다.

"이들은 나의 일족이네. 의견이 나뉜다고 누구는 남고 누구는 떠나도록 할 수 없네."

사바도르의 말에, 들떠 있던 분위기가 일순간 숙연해졌다.

"제가 일족의 지도자로서, 그 역할을 제대로 해왔다고 자신있게 말하지는 못합니다. 하지만 이번 결정은 일족의 수장 이름으로 명하겠습니다. 모두 저를 따라줬으면 합니다."

이런 분위기에서 반대 의견을 낼 수 있는 사람은, 아마 혼자서도 이 데컴 숲에서도 살아남을 수 있는 강심장을 가진 자일 것이다.

대답 대신 결연한 눈으로 자신을 바라보는 사람들을 잠시 마주 보며, 자신의 의지도 다진 사바도르가 위즈에게 말했다.

"우리 모두는 한 사람도 남김없이 이주할 것입니다. 그리고 역사의 주인공이 될 것입니다."

"결코 이 결정을 후회하지 않으실 것입니다."

위즈는 그런 모습을 보며 내심 기뻤다.

그들의 모습이 보기 좋아서도 하나의 이유였지만, 자신이 단합을 유도하며 꺼낸 말이 제대로 먹혀들어 갔다는 것이 더 큰 이유였다. 이것으로, 저들의 내부적인 불안 요소는 당분간 잠잠해질 것이라 생각했다.

그렇게 위즈가 분주히 떠날 채비를 하는 사람들을 보고 있을 때, 짐을 꾸리기 위해 잠시 가족들과 떨어진 페이린이 다가왔다.

"전 별로 한 일이 없네요, 이번에도."

가족을 만났다는 것과는 별개로, 자신이 아무런 역할도 하지 못했다는 자책감이 든 그녀였다.

"아니야. 네가 없었다면 저 사람들은 내 말을 아예 듣지도 않았을 거야. 특히 너희 아버지는. 너 덕분에 일이 쉽게 풀린 거야. 고마워."

"그렇지만……."

"이만 바빠서."

위즈는 뭔가 더 말하려는 페이린을 뒤로하고, 조금은 냉정하게 돌아섰다. 실제로 강습 전투함에 공간을 만들기 위해 바쁘기도 했지만, 우울해하는 여자를 달래는 능력을 갖추지 못해서이기도 했다.

결국 페이린은 덩그러니 혼자 남게 되었다. 키아스가 있었다면 장난이라도 쳤겠지만, 그는 애트란을 지키고 있었다. 그러자 자신은 아무런 능력이 없다는 생각이 점점 커져만 갔다.

이제 마냥 이 상태로 머무를 수는 없었다. 가족들과 함께하게 됐고, 가족과 마을 사람들에게 힘이 되기 위해서라도 케니안과 그의 동료들에게 도움이 될 수 있는 능력을 갖추어야 했다.

그 가능성이 가장 높은 것은 정령술뿐이었고, 그녀는 하루빨리 돌아가 정령술을 배워야겠다고 다짐했다.

CHAPTER 03
의뢰

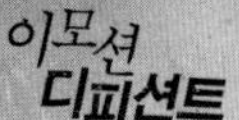

프레스티 왕국 수도 탈보임의 중심에는 300년 전 용병왕의 신분으로 용병들을 이끌어 왕국을 구했던 피어진을 기리기 위한, 피어진스 스퀘어가 있었다.

용병왕을 위한 광장을 수도에 만드는 왕국답게, 그 번화가의 한쪽에 몇 개의 용병 길드가 자리 잡고 있는 용병 지구가 있었다.

물론 이곳에 본부를 두기 위해서는 왕국의 허가를 받을 수 있을 정도로 실력과 명성을 겸비해야 했다. 그래서 피어진스 스퀘어 용병 지구 어디에 본부가 위치했느냐만으로도, 해당 용병 길드의 위상을 짐작할 수 있었다.

그런 용병 지구 가장 중심에 프레스티 왕국 최강의 용병 길드, 울더린 용병 길드가 자리하고 있다.

하지만 요 몇 달 새 최강의 용병 길드라는 그들의 명예는 도끼질에 넘어가기 직전인 나무처럼 위태로웠다.

그 위기를 돌파하기 위해 길드의 지하에서는 오늘도 인간의 것이라 믿기 힘든 비명이 울려 퍼지고 있었다.

"크어어어어……!"

그 비명에 비하면, 어두운 동굴 속에서 상처 입은 맹수가 으르렁거리는 소리는 자장가로 느껴질 정도였다. 그리고 그 비명의 발원지는 차마 사람이라고 말하기 어려울 정도의 몰골을 하고 있는 남자였다.

건드리면 부러질 것 같은 앙상한 팔다리는 피로 엉겨 시커멓게 변한 못으로 벽에 박혀 있었고, 몸통은 찢기고 인두에 지져진 화상 자국으로 뒤덮여 있었다. 거기다 턱뼈가 빠졌는지 쩍 벌어져 있는 입에서는 피가 섞인 타액이 듬성듬성 뽑혀 나간 이빨 사이로 줄줄 새고 있었다.

눈 뜨고 보기 힘든 처참한 몰골이 되도록 지독한 고문을 받고 있는 그는, 살레이토에서 케니안 일행에게 1급 용병패를 발급했던 울더린 용병 길드의 2급 용병 노가였다.

"너 뭐 하는 새끼야? 아직도 못 알아냈어?"

지하실에 울리는 비명 사이로 신경질적인 목소리가 새어

나왔다. 그 목소리는 노가 옆에서 고개를 숙이고 어쩔 줄 몰라 하는 사내에게 향해 있었다.

"2급 용병치고 강단이 있습니다. 보통 이 정도 고문이면 입을 열어야 정상인데……."

노가는 케니안이 펼친 리버스 그레비티 마법에서 살아남았다. 그 정도 높이에서 떨어져 죽을 정도로 약한 그는 아니었다.

하지만 그때 죽는 것이 차라리 나을 뻔했다. 리버스 그레비티 마법에서 살아날 실력은 되었지만, 눈에 불을 켠 기사들을 피해 프레스티 왕국을 빠져나갈 실력은 안 되었던 것이다.

결국 그는 얼마 못 가 붙잡혔고, 울더린 용병 길드의 책임하에 이렇게 고문당하고 있었다.

차라리 기사단에서 취조를 당했다면 이런 모진 일을 당하지는 않았을 것이다. 기사단의 권위와 명예를 위해서라도 공개 처형을 하면 했지, 이렇게 고문을 하지는 않았을 테니까 말이다.

그러나 살레이토에서 벌어진 일은 그냥 이름없는 용병 하나 처형하는 것으로 끝날 일이 아니었다. 기사단이 E.G 다섯 대를 잃는 큰 피해를 입었고, 기사단장이자 성주이던 가이덴까지 죽었으니 반드시 그 일을 벌인 자들을 잡아야 했다.

그래서 사로잡은 노가를, 이 일에 가장 큰 책임이 있는 울더린 용병 길드에 맡겨 정보를 캐내려고 했다.

이 일은 아무리 왕국 최고의 용병 길드라 해도 유야무야 넘어갈 수 있는 일이 아니었다. 이것은 울더린 용병 길드에게도 아닌 밤중에 홍두깨 격인 일이었는데, 2급 용병이 발행한 용병패 때문에 이 사건에 대한 책임을 질 수 없기에 필사적이었다.

"제기랄. 어떻게든 그놈들 정체와 소재를 파악해! 가능한 빨리!"

"더 이상 고문하면 죽을지도……."

"씨발! 죽이지 말고 고문하라고 돈을 주는 거 아냐! 저놈이 죽으면 다음엔 네가 저기 박힐 테니 그리 알아!"

"네… 넵!!"

쾅!

무시무시한 표정으로 욕설을 뱉어낸 자는 두터운 고문실의 문이 떨어져 나가도록 세게 닫으며 고문실을 나섰다.

귀청이 떨어질 것 같은 소리에 잠시나마 정신을 차린 노가는, 다시 고문 도구를 집어 드는 고문 전문가를 흐릿한 눈으로 보았다. 그리고 다시 사그라지는 의식 속에서도 밀려드는 억울함과 답답함 때문에 미칠 것 같았다.

노가는 제발 자신이 저들에게 말해줄 수 있는 정보를 가지고 있기를 바랐다. 정말 몰랐기에 모른다고 진실을 말해보고,

자신의 모든 지식과 경험을 동원해 거짓으로 꾸며도 보았지만, 그 어느 것도 통하지 않았다.

울더린 용병 길드는 몰랐다.

살레이토를 그렇게 만든 그들의 정체를 가장 알고 싶은 사람이 바로 용병패를 발행해 준 노가 자신이라는 것을.

"일이 더럽게 꼬일라니까, 진짜 머같이 꼬였네."

고문실에서 나온 남자, 울더린 용병 길드의 특급 용병 오드는 육두문자를 퍼부으며 계단을 올라가고 있었다.

고문 전문가를 닦달했지만, 큰 기대는 하지 않았다. 그가 판단하기에도 고문으로 정보를 캐내는 것은 틀린 것 같았다.

노가라는 2급 용병이 대단한 정신력의 소유자가 아니라는 것이 고문으로 드러났음에도 이렇게 아무 정보를 얻을 수 없다는 것은, 그가 정보를 가지지 않았다는 반증이었다.

그렇다고 유일한 단서인 그를 놓아버릴 수도 없었기에, 이렇게 시간만 보내고 있는 것이다.

오드는 오늘도 별다른 소득이 없었기에 길드 최상층으로 향하는 계단을 오르는 다리가 한없이 무겁게 느껴졌다. 계단이 끝나는 순간 마주해야 하는 이에게 이 상황을 전달할 자신이 없어서였다.

그렇다고 보고를 하지 않을 수도 없어 결국 견고해 보이는 문 앞에 도착했고, 심호흡을 한 뒤 노크를 했다.

똑똑.

"들어와."

"네."

"아직도 못 찾았나?"

방으로 들어서는 오드를 날카롭게 노려보며 묻는 그는 울더린 용병 길드의 길드 마스터, 울더린 울프만이었다. 50대 초반으로 보이는 그는 제5대 울더린 용병 길드의 마스터로, 오직 실력만으로 그 자리까지 오른 입지전적인 인물이었다.

"프레스티 왕국을 샅샅이 뒤지고 주변 왕국까지 수색 범위를 넓히고 있지만, 아직 좋은 소식은 없습니다."

노가와 기사단으로부터 얻은 정보로 그들이 찾고 있는 인물들의 인상착의는 대강 알고 있었다. 그러나 그들은 하늘로 솟았는지, 땅으로 꺼졌는지, 도저히 찾을 수가 없었다.

"만약 그들이 인디실론의 첩자이고, 이미 인디실론으로 빠져나갔다면 찾기 어렵습니다."

이미 사건이 일어난 지 시간이 제법 흘렀기 때문에 그들의 추측대로 지금 찾고 있는 자들이 인디실론의 첩자라면, 벌써 국외로 도피했을 가능성이 매우 높았다.

"인디실론에 특급 용병들을 잠입시켜서라도 찾아내!"

"특급 용병들을 적지로 보낸다는 것은……."

"지금 이것저것 가릴 때야!!"

현재 울더린 길드는 까딱하다가는 간첩 혐의로 풍비박산 날 지경이었다. 불과 몇 달 전까지 왕국 제일의 용병 길드로 대접받던 길드가 말이다.

살레이토의 사건에서 살아남은 기사들은 성주의 명으로 인디실론의 첩자를 잡으려 출동했다가 울더린 길드의 1급 용병으로 위장하고 있는 적과 조우했고, 그들과 전투를 벌이다 피해를 입었다고 증언했다.

성주인 가이덴이 정확한 정보를 주지 않아서 생긴 오해였지만 그것은 중요하지 않았다. 왕국이 커다란 피해를 입은 것이 사실이고, 도망치던 노가까지 붙잡았으니 말이다.

하지만 울더린 용병 길드에서는 억울하기 그지없는 일이었다. 길드에서 파악하기로 살레이토에 파견되어 있는 1급 용병은 없었기 때문이다.

1급 용병은 그 중요성에 의해 철저하게 소재가 파악되고, 수행 중인 의뢰가 관리되었다. 자유로움을 찾아 용병이 되지만, 1급 용병쯤 되면 그 자유에 일정한 제약은 어쩔 수 없었다. 물론 그에 걸맞은 보상과 대우가 따르기는 했지만 말이다.

어쨌든, 그런 중요한 1급 용병을 큰일거리도 없는 살레이토에 파견할 이유가 없었는데, 살레이토 지부를 조사하는 과

정에서 노가라는 2급 용병이 독단으로 무려 세 명에게 1급 용
병패를 발급한 사실이 밝혀졌다.

기사단이 도망친 노가를 잡아왔지만, 그것이 오히려 독이
되었다. 길드의 힘과 인맥을 총동원하더라도 빼도 박도 못하
게 된 것이다.

은근히 얕잡아보던 적국, 인디실론의 첩자 세 명에게 E.G가
다섯 대나 파괴되고, 성주이자 기사단장까지 살해된 일은 왕
국 전체의 분노를 불러일으켰다.

까딱하다간 그 분노가 모두 울더린 용병 길드로 향하게 될
가능성이 농후했다.

따라서 길드 핵심 전력인 특급 용병을 적국에 파견해서라
도 이것을 해결해야 했다. 그렇지 않는 이상, 울더린 용병 길
드의 전설은 막을 내릴 것이 분명했다.

"알겠습니다. 특급 용병 전원을 호출하겠습니다."

똑똑.

오드가 서슬 퍼런 울프만의 기에 눌려 대답하는 것과 동시
에 노크 소리가 들렸다.

"무슨 일이야?"

"의뢰가 하나 들어왔습니다."

"지금 한가하게 의뢰를 받을 처지야! 언제부터 우리 길드
가 이런 멍청한 놈들의 집합소가 되었나!!"

그렇지 않아도 화가 머리끝까지 나 있었던 울프만은 접수창고 용병의 말에 폭발하고 말았다.

"그… 그게……."

그런데도 그 용병은 우물쭈물하며 버티고 있었다. 심지어 오드가 팔꿈치로 찔러가며 눈치를 주는데도 말이다.

"왜 아직도 거기 서 있나! 어서 가서 그 미친놈을 쫓아내지 않고!"

"저… 이것을 계약금으로 내놓는다고……."

"이게 목이 달아나 봐야 정신을……."

치솟는 화를 못이겨 검을 뽑아 들려던 울프만은, 용병이 가죽 가방에서 꺼내 든 것을 보고 움직임을 멈출 수밖에 없었다.

용병은 한 손으로 들기에 버거웠는지, 커다란 다이아몬드를 두 손으로 조심스럽게 받쳐 들고 있었다. 저 다이아몬드라면 길드의 특급 용병 모두를 다섯 번 이상 고용하고도 남을 만한 것이었다.

막말로 지금 벌어지고 있는 일이 잘못되더라도 저것만 들고 도망치면, 다른 왕국에서 새로운 용병 길드를 새우고 새 인생을 시작할 수도 있었다.

이쯤 되자 울프만의 머릿속을 가득 차지하고 있던 분노는 그 자리를 호기심에게 양보할 수밖에 없었다.

“무슨 의뢰인데?”

“길드 마스터님께 직접 말한다고 합니다.”

울프만이 관심을 보이자 침착을 되찾은 용병이 대답했다.

“음. 어떻게 생각하나?”

잠시 다이아몬드를 손에 올리고 살펴보던 울프만이 오드에게 물었다.

“아무래도 이야기는 들어보는 것이 좋을 것 같습니다.”

울프만의 손에서 빙글빙글 돌아가며 창으로 들어오는 빛살을 사방으로 튕겨내는 다이아몬드를 멍하니 보고 있던 오드가 고개를 한차례 흔든 뒤 대답했다.

그가 볼 때 저 다이아몬드는 진짜였다. 저만한 다이아몬드를 계약금으로 내거는 의뢰가 도대체 무엇인지 들어보고 싶다는 욕심이 그들의 다급한 상황을 잠시 잊게 했다.

“이름은 뭐라고 하던가?”

“위즈라고 했습니다. 행색은 그다지 좋아 보이지 않았습니다.”

울프만의 질문을 잘 읽어낸 용병은, 다이아몬드를 가질 만한 행색이 아니란 정보를 덧붙였다. 한마디로 귀족 같은 모양새는 아니라는 말이었다.

“위즈라…… 처음 들어보는 이름인데……. 귀족도 아닌 것 같고…….”

"어차피 특급 용병들을 호출하려면 시간이 걸리니 일단 들어보고 결정하는 것이 좋겠습니다."

울프만이 망설이는 듯하자 오드가 쐐기를 박았다. 그리고 울프만은 오드의 그 말을 기다리고 있었다.

"좋아. 일단 귀빈실로 안내하고, 특급 용병들에게 모든 의뢰를 중단하고 최대한 빠르게 본부로 복귀하라고 해. 사람을 풀어 위즈라는 놈 정체도 알아보고."

"알겠습니다."

"다이아몬드 몇 개 더 줄 걸 그랬나? 그거면 충분할 줄 알았는데."

생각보다 오래 기다리게 되자 위즈가 투덜거렸다. 그는 지금 울더린 용병 길드 본부의 4층에 위치한 귀빈실에 벌써 한 시간 째 앉아 있었다.

[그러게 애트란도 전력화됐으니 그냥 가자니까.]

보통 때와는 반대로 애트란에 남아 상황을 지켜보게 된 키아스가 뚱한 목소리로 중얼거렸다.

애트란에 사바도르 마을 주민을 모두 태우고 로테르 왕국으로 향하던 위즈와 키아스는 보텔 공작의 부탁을 떠올렸다.

그 부탁은 프레스티 왕국의 수도 탈보임에 들러 울더린 용병 길드를 고용해달라는 것이었다. 그는 케니안 일행과 울더린 용병 길드의 관계를 알지 못했기에, 그저 최고의 용병 길드로 소문난 울더린을 고용해 최소한의 전력이라도 확보하려 함이었다.

그때는 굳이 그런 상황을 설명할 필요를 느끼지 못했는데, 막상 탈보임에 도착해 분위기를 살펴보니 케니안과 키아스, 벨쥬브는 물론, 페이린까지 수배된 상태였다.

그래서 수배가 되지 않고, 인상착의도 알려지지 않은 위즈가 의뢰를 하려고 와 있는 것이었다.

하지만 키아스는 이 일에 반대했다. 애트란이란 커다란 전력을 얻은 지금 용병이라는 전력을 얻기 위해 굳이 위험을 무릅쓸 필요는 없다고 생각했기 때문이었다.

더구나 아무런 힘도, 능력도 없는 위즈를 눈에 불을 켜고 자신들을 찾고 있을 도시 안으로 혼자 보낸다는 것은 말도 안 된다고 여겼다.

그러나 위즈의 생각은 달랐다. 애트란은 큰 전력이긴 하지만, 그저 강력한 무기일 뿐이다. 그런 무기 외에도 전쟁에는 반드시 사람이 필요했고, 로테르 왕국은 그 사람이 절대적으로 부족한 상황이었다.

따라서 돈으로 사람을, 그것도 상당한 전투력을 갖춘 사람을 살 수 있는 기회를 시도도 해보지 않고 버릴 수는 없었다.

다행히 살레이토에서 강습 전투함에만 있었던 덕분에 위

즈의 인상착의는 노출되지 않았다. 그리고 애트란이 기동 중일 때는 둘 중 하나는 반드시 애트란에 남아 있어야 했기에, 가야 한다면 자신뿐이라고 여겼다.

위즈는 용병을 설득해서 데리고 가는 일은 별다른 무력이 필요한 일은 아니라고 생각했다. 따라서 큰 위험은 없을 것이라 확신했고, 혹시 일이 잘못된다 하더라도 애트란이 상공에 대기하고 있으면, 별문제없을 것이라고 생각한 것이다.

"흠. 되게 비싸게 구네. 어쩔 수 없지."

위즈가 기다림과 키아스의 투덜거림에 지쳐 막 자리에서 일어서려 할 때였다.

"이거 너무 기다리게 한 것 아닌지 모르겠습니다."

귀빈실의 문이 열리며 울프만이 오드와 함께 들어섰다.

"지금 막 일어서려던 참이었는데. 다행이군요."

"뭐가 다행이라는 말씀이십니까?"

"이 길드의 존망을 가를 수 있는 기회가 날아가지 않았다는 것입니다."

"음……."

울프만은 초면에 한 방이 아니라 두 방 먹은 격이 되었다.

늦게 와 짜증을 돋우고 기선을 제압하려는 의도가 보기 좋게 실패하고, 자신이 오히려 대화의 주도권을 뺏기게 된 것이 한 방이었다.

그리고 지난 한 시간 동안 백방으로 위즈라는 인간의 모든 것을 알아보려 했지만 아무것도 찾지 못한 것이 두 방이었다.

위즈라는 인간은 하늘에서 뚝 떨어진 사람인양 기본적으로 가지고 있어야 할 출생지나, 나이, 신분 등이 아무것도 나오지 않았다. 그만한 다이아몬드를 계약금으로 지급하려면, 최소한 막대한 재산을 가지고 있거나 그런 거부의 측근이어야 하는데도 불구하고 말이다.

물론, 가명일 가능성도 고려해 최대한 인상착의가 비슷한 사람을 찾았지만 그마저도 없었다. 마치, 지금 자신이 추적하고 있는 인디실론의 첩자들과 비슷한 느낌이었다.

그래서 바짝 긴장하고 들어왔는데, 초반부터 밀린 것이다.

"기회인지 아닌지는 제가 판단할 일입니다만?"

그것을 만회하기 위해 위즈를 노려보며 말꼬리를 올렸지만, 별 소용이 없었다. 위즈가 그런 것은 신경도 쓰지 않는 것처럼 대꾸했기 때문이다.

"그럼 들어보고 판단하시죠."

"흠. 의뢰를 한다고 하셨는데, 계약금으로 봐서는 보통 일이 아니란 것은 알겠습니다. 그런데 알고 오셨는지 모르겠지만, 지금 우리 길드의 상황이 썩 좋은 것은 아닙니다."

"바로 그것을 단번에 해결할 수 있는 의뢰입니다."

"말씀하십시오."

　결국 울프만은 자세를 낮추고 위즈의 말을 경청할 준비를 했다. 지금 길드의 상황을 알고 있고, 그것을 해결할 수 있는 의뢰라는데, 더 이상 재고 자시고 할 이유가 없었다.

　"저는 로테르 왕국에 소속되어 있습니다. 그리고 현재 로테르 왕국은 전쟁을 준비하고 있습니다. 바로 제국을 수복하기 위한 전쟁을 말입니다. 그래서 그 전쟁에 울더린 용병 길드의 전원을 고용하는 의뢰를 하러 왔습니다."

　"……."

　위즈의 말이 끝나고 한참 동안 귀빈실에는 침묵이 머물렀고, 그 침묵은 울프만의 어이없다는 탄식과 함께 물러갔다.

　"허… 참… 미치려면 곱게 미칠 것이지."

　"드래곤에게 시달리는 왕국이 제국은 무슨……."

　울프만의 뒤에서 조용히 듣기만 하던 오드도 한마디 했다.

　길드 마스터가 귀빈실에서 손님을 맞이하고 있는데 허락도 받지 않고 목소리를 낸다는 것은 큰 실례였지만, 그런 것을 무시해도 될 만큼 허무함이 밀려온 것이다.

　드래곤 때문에 숨쉬기도 어려운 대륙 최약소국이 제국 수복을 위한 전쟁이라니. 그들이 들어본 말 중에 가장 황당한 말이었다.

　"모험을 하지 않으면 얻는 것이 없는 법입니다."

　"모험도 모험 나름이지. 미친놈. 뭐 하나? 끌어내. 그 다이

아몬드도 돌려주고. 미친놈이 건넨 것이니 가짜거나 저주받
은 물건이겠지."

울프만이 손을 휘휘 내저으며 오드에게 명령하자, 위즈는
이런 반응을 예상했다는 듯 차분히 준비한 말을 꺼냈다.

"살레이토에서의 일……. 기억하십니까?"

그 말은 위즈의 생각보다 더 큰 반응을 불러왔다.

"뭐라고?"

앉은 김에 잠시 쉬려고 푹신한 소파에 느긋하게 등을 기대
던 울프만이 벌떡 일어선 것이다.

당연했다. 지금 그 일 때문에 길드는 물론 왕국까지 발칵
뒤집어졌으니, 기억 못할 리가 없었다. 오히려 할 수만 있다
면 기억에서 지워 버리고 싶은 일이었다.

"거대 비공정, E.G 다섯 대를 순식간에 파괴한 정체불명의
E.G, 수백 명을 죽인 마법. 그 모든 것이 우리의 힘입니다."

"감히 로테르 따위가 프레스티와 전쟁을 벌이려 하는 것인
가!"

"그런 것은 아닙니다만……."

서슬 퍼런 울프만의 기세에도 위즈는 태연했다. 하지만 상
황을 지켜보고 있던 키아스는 그러지 못했다.

[야! 어쩌려고 그래!!]

"아니, 잠깐."

전혀 예상하지 못했던 사실에 정신을 차리지 못하던 울프만이 뭔가 생각난 듯 침착을 되찾았다. 그리고 살기로 번들거리는 눈으로 위즈를 노려보며 물었다.

"그럼… 네가 그 케니안이라는 자인가?"

"아닙니다. 그는 우리의 동료입니다."

"흐흐. 그래. 겁도 없이 제 발로 걸어 들어왔군. 지금 그 말은 너를 잡으면 그 케니안이란 놈과 네놈의 동료들을 모두 잡을 수 있다는 소리군."

스릉!

울프만은 허리에 매어져 있던 검을 뽑아 들었고, 그 검끝은 정확히 위즈의 목젖에 맞닿으며 멈췄다.

"너 때문에 내가 수십 년 동안 쌓아온 모든 것이 사라지게 생겼다! 지금 당장 죽여 버려도 시원치 않지만, 왕국의 오해를 풀기 위해서 참는다. 이놈을 기사단에 인계할 준비를 해!"

"네. 알겠습니다."

오드가 울프만의 명령을 받고 귀빈실 밖으로 뛰어나갔고, 조금만 움직여도 목이 날아갈 상황에서도 위즈는 별로 당황하는 기색이 없었다.

[안 되겠다. 잠시만 그대로 있어. 애트란을 착륙시킬 테니까 그때 빠져나와!]

키아스가 애가 타서 당장 애트란을 도시 한가운데에 착륙시키려 하는데, 위즈가 소리쳤다. 그것은 키아스에게 하는 것이기도 했고, 울프만에게 하는 것이기도 했다.

"잠깐!"

"뭐?"

"그걸로 만족합니까?"

목에 칼이 들어가기 직전인데도 전혀 두려워하는 기색 없이 말하는 위즈를 보며 울프만은 기가 찼다. 그렇다고 그냥 무시하자니 위즈의 물음이 그의 심경에 거슬렸다.

"그게 무슨 소리지?"

"나를 기사단에 넘겨 오해가 풀리는 것으로 만족하느냔 말입니다. 그것으로는 당신이 지금까지 쌓아온 명성과 신뢰가 회복되지 않을 텐데요?"

"……."

위즈의 느긋한 물음에 울프만은 대답하지 못했다.

그의 말대로 위즈를 넘겨 오해가 풀린다 하더라도, 무너진 명예와 신뢰를 다시 회복하는 것은 쉬운 일이 아니었다.

"설사 이대로 저를 기사단에 넘긴다 하더라도, 저는 탈출할 자신이 있습니다."

"이게 공포에 완전히 돌았구나. 감히 기사의 왕국인 프레스티의 왕성에서 도망을 치겠다니."

울프만은 어이가 없었다. 설사 마스터라도 왕성 감옥에서 탈출하는 것은 불가능했다. 그런데 위즈에게선 한 톨의 마나도 느껴지지 않았다.

그럼에도 불구하고 정체를 알 수 없는 불안이, 가슴 저 깊은 곳에서부터 스멀스멀 올라왔다. 그 불안은 위즈의 입을 통해 정체를 드러냈다.

"제가 탈출을 감행할 땐, 아마 살레이토의 피해보다 몇 배는 더 큰 피해가 발생하겠죠. 그럼 길드는 더 이상 존재할 수 없게 될 테고요."

울프만은 순간적으로 움찔할 수밖에 없었다.

그는 비록 살레이토가 군사 도시로서의 이름은 많이 퇴색했다지만, 기사단이 E.G까지 동원했음에도 불구하고 큰 피해를 입었다는 것을 잘 알고 있었다.

만약 그런 일이 수도에서 벌어진다면 누군가는 책임을 져야 했고, 그것은 자신과 길드가 될 것이 분명했다.

"내가 이 자리에서 너를 죽여 버린다면? 나머지 놈들은 로테르 왕국에 있다는 것을 알았으니 문제 될 게 없지."

울프만은 위즈의 협박 아닌 협박에 긴장했던 자신을 감추기 위해 짙은 살기를 뿜었다.

최고 용병답게 그가 뿜어내는 살기는 위즈가 쉽게 견뎌낼 수 없는 것이었다. 그러나 위즈는 흘러내리는 식은땀에도 불구하고 말을 이어갔다.

“저를 죽이는 건 손바닥 뒤집듯 쉬울 겁니다. 하지만 그 순간 당신도 죽음을 피할 수 없을 것입니다.”

“훗. 그것도 말이라고 하는 거냐?”

울프만은 위즈의 말에 어이가 없어 콧방귀를 꼈다. 자신의 검이 목에 겨누어져 있고, 무장도 하지 않았다. 이런 상태라면 설사 왕국 최고의 마스터 퓨나라 해도 죽음을 피할 수 없다고 자신하고 있었다.

그런데 마나라고는 한 톨도 느껴지지 않는 자가 자신을 죽일 수 있다고 하는 것이다. 살기에 몸을 떨고 식은땀을 줄줄 흘리면서도 말이다.

“재미있는 것을 보여 드리겠습니다.”

위즈는 그 말과 함께 천천히 일어섰다. 울프만은 혹시나 했지만, 마법이나 마나의 기운은 전혀 느낄 수 없었다. 그리고 여기는 누가 함부로 숨어들 수도 없는 길드 본부였고, 그중에서도 보안이 철통같은 귀빈실이었다.

그런 조건들이 그를 조금은 안심하게 만들었다. 무엇보다 치솟는 호기심을 누를 수 없었다. 인간에게 가장 위험한 순간이 호기심을 다스리지 못할 때라는 말을 실감하는 그였다.

그래도 울프만은 방심하지 않고 위즈의 목에 검을 댄 채, 그의 행동을 지켜보았다.

위즈는 그 상태로 창가 쪽으로 천천히 걸어갔다. 그리고 볼과 혀의 움직임만으로도 말을 전달하는 이어 커뮤니케이터를 통해, 키아스에게 뭔가 지시를 했다.

"제가 가리키는 곳을 보십시오."

위즈는 손을 들어 창밖으로 보이는 건물을 가리켰다.

그 순간,

번쩍!!

쾅아아아앙!!

수많은 경험을 쌓은 울프만이 반사적으로 눈을 감을 정도의 빛과 함께 몸을 저릿저릿하게 울리는 폭음이 터져 나왔다.

잠시 후 시야를 회복한 울프만은 산산조각이 난 창문 밖으로 조금 전까지 울더린 용병 길드와 마주 보고 있던 건물이 사라진 것을 볼 수 있었다. 파괴되어 부서진 것이 아니라, 원래 그 자리에 없었던 것처럼 파편 몇 조각만 남긴 채 아예 사라져 버린 것이다.

"꺄아아아악!"

"이… 이게 뭐야?"

"적이다! 인디실론 놈들이 쳐들어 왔다!!"

그리고 혼란에 휩싸인 수도의 비명이 들려오기 시작했다.

"뭐… 이런……."

울프만은 순식간에 일어난 일에 할 말을 찾지 못했다.

프레스티 왕국은 대륙에서 마법이 가장 발달하지 못한 왕국이었다. 그래도 혼합 마법사들이 설치한, 4서클 이하의 공격을 막을 수 있는 기본적인 방어 마법은 설치되어 있었다.

하지만 전시가 아니기에 그것은 가동되지 않고 있었다.

만약 전시였다면, 그래서 수도에 실드가 가동되고 있었다면, 애트란의 마나 캐논이 제 위력을 발휘하지 못했을 것이다. 건물은 박살 났겠지만 마치 이빨이 빠져 버린 것처럼, 저렇게 소멸되지는 않았을 것이다.

애트란의 마나 캐논은 아무런 저항 없이 온전한 위력을 발휘해 건물을 지우개로 지워 버리듯 깨끗하게 없앴고, 그 광경은 울프만에게 적잖은 충격을 주었다.

그가 알기로 어떤 마법도 5층짜리 건물을 한순간에, 그것도 주위 건물은 그대로 놔두고 없애 버릴 수는 없었다.

"저를 죽이면, 이번에는 저 공격이 이곳을 향할 것입니다."

"이……."

울프만은 분노와 두려움이 동시에 닥쳐오는 묘한 기분을 느꼈다. 그런 그의 감정이 흔들리고 있는 검끝에 잘 나타나고 있었다.

"나쁜 제안은 아닙니다. 잘 생각해 보십시오. 한 번 무너진 신뢰와 명성은 다시 세우기 어려울 뿐만 아니라, 많은 시간을 필요로 합니다."

그것을 파악한 위즈가 다시 설득을 시작했다. 채찍을 주었으니, 이제 당근을 줄 차례였다.

"그래서… 뭘 어쩌자는 거냐?"

"제 의뢰를 수락하십시오."

"뭐? 아… 그 정신 나간…….."

울프만은 정신 나간 의뢰라고 말하려다 멈췄다.

눈앞에서 본 그들의 능력은 가공할 만한 것이었다. 그리고 살레이토에서의 전력도 있었다. 아무리 구형이라지만, 프레스티의 기사가 탑승한 E.G 다섯 대를 한 대의 E.G로 순식간에 처리한 전력 말이다.

현재의 전쟁은 E.G 전력이 승패를 결정한다는 것은 잘 알려져 있었다.

만약 그런 강력한 E.G를 저들이 다수 보유하고 있다면, 로테르 왕국이 펼치려는 전쟁은, 미친놈들이 망상에 사로잡혀 세운 계획이 아니라, 자신의 능력을 과신한 자들이 세운 계획으로 평가될 수 있는 것이다.

"보상은 당신이 원하는 것으로 드리겠습니다. 새롭게 탄생할 제국의 최고 용병 길드로 남고 싶다면 그렇게, 제국의 고위 귀족이 되고 싶다면 그것도 가능합니다. 이것저것 다 싫고 돈이 최고라면 원하는 만큼 돈을 지불하겠습니다."

"그렇게 자신이 있는가?"

울프만은 거침없이 보상을 이야기하는 위즈에게 물었다.

어느새 그의 검은 내려져 있었고, 자기도 모르게 반 존대를 하게 되었다. 마음속으로 위즈를 인정하게 된 것이다.

"물론입니다. 이미 계획은 진행되고 있습니다."

"음……."

"솔직히 말해 울더린 용병 길드가 이 의뢰를 받아들이든 거부하든, 계획에는 전혀 지장이 없습니다. 그저 조금의 시간이 더 걸릴 뿐입니다."

아직도 울프만이 망설인다는 것이 느껴지자, 위즈가 조금 더 몰아붙였다. 하지만 울프만이 망설이는 이유는 그것이 아니었다.

"그러니까, 무엇을 근거로 그렇게 자신하나? 나에게 수십 년간 쌓아온 모든 것뿐만 아니라, 조국까지 버리는 모험을 하라고 하면서 근거도 대지 않는 건가?"

"이미 보여 드린 것으로 부족합니까? 왕성이라도 날려 드릴까요?"

"……."

왕성을 날려 버리겠다는 위즈의 말에 할 말을 잃은 울프만이 잠시 위즈를 노려보았다.

아무리 용병이라지만, 그는 프레스티 왕국의 국민이었다. 왕국을 사랑하고 애국심이 투철하다는 말까지는 못하지만, 그래도 기분은 나빴다.

　그렇다고 문제의 본질에서 벗어날 정도는 아니었기에, 로테르 왕국의 최대 문제에 대해 물었다.

　"그것보다… 로테르 제국을 지금의 꼴로 만든 드래곤은 어떻게 할 것인가? 드래곤 문제가 해결되지 않는다면, 그 계획은 헛된 망상에 불과할 뿐일 텐데?"

　위즈는 울프만의 물음에 무엇인가 하얀 물체를 건넸다.

　울프만이 그것을 살펴보니 어떤 몬스터의 이빨처럼 생겼는데, 이렇게 커다란 것은 처음 보는 것이었다. 그 오랜 용병 생활 속에서 말이다.

　"그것이 무엇인지 알게 되면 대답이 될 것입니다."

　"이게 뭔데 답이 된다는 것인가?"

　위즈는 미묘한 미소를 지으며 대답했다.

　"말로는 믿기 어려울 테니, 그것의 정체는 스스로 알아보십시오. 그리고 의뢰를 수락할 결심이 서면, 길드 소속 용병 전원과 함께 로테르 왕국으로 오십시오. 그 정도는 할 수 있겠지요?"

　"흠."

　위즈의 요구는 어떻게 보면 매우 어려운 일이었다.

　의뢰가 의뢰인만큼, 소속 용병 전원을 모으고 그들을 모두 설득한다는 것은 그리 쉬운 일이 아니었다. 길드 마스터에 대한 믿음이 굳건하다면 큰 문제는 아니겠지만 말이다.

또 로테르 왕국으로 넘어가는 것도 문제였다. 그런 대규모 용병의 이동은 너무 쉽게 눈에 띄었고, 용병들이 대규모로 국경을 넘는 것은 국가 간 문제로 비화될 수 있었다. 그런데 프레스티 왕국에서 로테르 왕국으로 가기 위해서는 두 개의 왕국을 넘어야 했다.

"그럼 로테르 왕국에서 기다리고 있겠습니다."

위즈는 자신이 할 일은 여기까지라 여기고 울프만의 대답도 듣지 않은 채 몸을 돌려 귀빈실을 나왔다.

[그냥 데리고 가지? 애트란에 자리도 많은데. 그리고 계약서를 받아오라고 했잖아?]

위즈가 귀빈실을 빠져나오자마자 키아스가 자신의 생각을 말했다. 그리고 혹시나 보텔 공작의 당부를 잊어버렸을지 몰라 그것을 상기시켰다.

"만약 저들이 온다면 그깟 계약서 따위는 필요없어. 그리고 아직 애트란을 보일 정도로 믿을 수 있지도 않고. 뭐, 최고의 용병 길드라 했으니 그 정도는 할 수 있겠지."

그렇게 위즈가 태연히 길드 건물을 빠져나가자, 위즈를 기사단에 인계할 준비를 하고 있던 오드는 헐레벌떡 귀빈실로 들어섰다. 위즈가 울프만을 해치거나 했다고 생각하지는 않았지만, 멀쩡하던 건물이 눈앞에서 소멸해 버리는 것을 경험했기에 혹시나 한 것이다.

"울프만님!"

그런데 울프만은 태연하게 손에 들린 하얀 물체를 공중으로 던졌다 받았다를 반복하고 있었다.

"어떻게 된 것입니까? 그리고 그것은 무엇입니까?"

"글쎄……."

울프만은 한동안 같은 동작을 반복했다. 그리고 하얀 물체가 공중에 떠 있던 한순간, 섬뜩한 검은 빛이 번쩍였다.

쾅!!

공중에서 낙하하던 그것은 어느새 한쪽 벽에 깊숙이 박혀 있었다. 그것을 쳐낸 울프만의 검에는 놀랍게도 새카만 퓨어 오러가 둘러져 있었다.

그는 마스터였던 것이다.

오드는 울프만이 마스터인지는 꿈에도 모르고 있었다. 세상은 물론 길드 내부에 알려진 울프만의 실력은 최상급 그레듀에이트였다.

울프만은 위즈가 건넨 몬스터의 이빨을 반으로 가르기 위해 숨겨왔던 실력을 모두 드러내면서까지 검을 휘둘렀다. 그런데 그것은 퓨어 오러에도 잘리지 않고 오히려 둔기로 친 것처럼 튕겨져 날아가 벽에 박혀 버렸다.

"설마……."

울프만은 반신반의하며 보안을 위해 강화된 벽에 깊숙이

박혀 있는 그것을 뽑아냈다.

"음……."

그리고 퓨어 오러에도 흠집조차 생기지 않은 것을 보며 침음성을 흘렸다.

"퓨어 오러에도 흠집조차 없다는 것은? 서… 설마?"

그것을 지켜보던 오드가 경악해서 소리쳤고, 울프만은 그대로 깊은 생각에 잠겼다.

그리고 일주일 후, 프레스티의 수도 탈보임에 한 가지 소문이 돌았다.

그것은 살레이토에서 만행을 저지른 범인이 인디실론이 아닌 북쪽으로 도망쳤다는 첩보를 울더린 길드에서 입수했고, 그 범인을 잡기 위해 울더린 길드 용병 전원이 북쪽으로 향했다는 소문이었다.

CHAPTER 04
첩자 색출

이모션
디피션트

"어서 오십시오."

"다녀왔습니다."

"별일없었습니까?"

"네, 다행히."

강습 전투함에서 내려서는 위즈를 보텔 공작이 마중했다.

애트란은 일단 휴마벨이 있는 드래곤 레어에서 10㎞가량 떨어진 분지에 착륙시켰다. 그리고 사바도르 마을 주민 이천 여 명을 일반 병사들의 거주 구역에서 생활하게 했다.

아직 드래곤 레어에 있는 사람들은 드래곤이 죽었다는 사실을 모르기에 사바도르 마을 주민들을 합류시키는 것은 무리라 여긴 것이다.

　그리고 그들을 당분간 애트란에 머물게 한다 해도 큰 문제는 없다는 것이 그 결정을 쉽게 했다. 그들은 세상과 떨어져 지내왔기에 첩자일 가능성이 전무했고, 애트란을 착륙시켜 놓은 상태에서는 위즈나 키아스가 굳이 머물러 있어야 할 필요도 없었기 때문이다.

　다만, 그들이 지낼 수 있는 곳은 거주 구역과 일부 광장으로만 제한해 두었다. 혹시나 사고가 있을 수 있기에 대비한 단순한 예방조치였다.

　"울더린 용병 길드와 이야기는 어떻게 되었습니까?"

　"선뜻 의뢰를 받아들이지는 않더군요."

　"그렇겠죠. 아무래도 그들에게는 허황된 소리로 들렸을 테니."

　보텔 공작은 위즈의 대답에 실망하는 기색이 역력했다. 수준 높은 병사와 기사가 턱없이 부족한 로테르 왕국에게 용병은 큰 힘이 될 수 있는데, 그것이 안타까웠던 것이다.

　"그래도 그들은 올 것입니다."

　"네?"

　"딱히 의뢰를 수락하고 계약서를 작성한 것은 아닙니다. 하지만 적당한 자극과 미끼를 주고 왔으니, 바보가 아니라면 올 것입니다. 만약 오지 않는다 해도 큰 문제는 아니고요."

"그렇긴 하지만……."

"아무튼 이제 그것은 그들의 결단에 달렸으니 지금 우리가 해결해야 되는 문제부터 해결하죠."

말은 그렇게 했지만, 위즈는 울더린 용병 길드가 반드시 올 것이라 생각하고 있었다. 그래서 더 이상 이 문제를 가지고 논의할 필요를 못 느꼈다.

"그게 무엇입니까?"

"내부 정리를 하는 것이죠. 일단 자리를 옮기시죠. 여긴 보는 눈이 많을 테니까요."

그렇게 말을 마친 위즈는 보텔 공작을 강습 전투함 내부로 안내했다. 그들이 배정받았던 제1별궁으로 가도 되지만, 그래도 로테르 왕국에서 가장 안심할 수 있는 장소는 강습 전투함 내부였다.

"뭘 그렇게 두리번거려?"

위즈와 보텔이 들어가고 나서도 고개를 좌우로 돌리며 주변을 살피는 페이린을 보며 키아스가 물었다.

"아… 아니에요."

"아~ 케니안이 안 보여서 그래?"

"아니라니까요!"

페이린은 키아스의 물음에 빽 소리를 지르고 뛰어갔다.

한동안 멍하니 그 모습을 지켜보던 키아스가 중얼거렸다.

"아이고 귀야. 왜 소리를 지르고그래. 강한 부정은 긍정이
란 말이 왜 나왔는지 알겠네."

그렇게 동료들이 짧은 일정에서 부산을 떨며 돌아왔을 때,
케니안은 여전히 수련 중이었다.

케니안은 로테르 왕성 지하에 마련된 자신만의 공간에 두
눈을 감고 앉아 있었다. 보텔 공작이 알려준 마나 로테이션을
하고 있는 것이다. 그는 그동안 아예 이곳에 자리를 잡고 생
활하는 중이었다. 그래서 강습 전투함이 돌아오는 것을 알지
못했다.

"후… 아직 멀었나?"

한차례 마나 로테이션을 마친 케니안이 눈을 떴다.

그는 하루에 두 번씩 보텔 공작과 대련을 하며, 마나를 완
전히 소모하고 마나 로테이션을 하는 것으로 마나를 컨트롤
하는 것을 익히고 있었지만, 아직 큰 진전은 없었다. 평생에
걸쳐 익혀온 마나의 사용법을 짧은 시간에 바꾼다는 것은 쉬
운 일이 아니었다.

그래도 긍정적인 것은 마나 로테이션이란 것에 조금은 익
숙해 졌고, 그로 인해 점점 발전해 나가고 있다는 것이었다.

발전이 느린 마나 로테이션에 비해 검술은 빠르게 늘어나
고 있었다. 원래 기본적인 신체 능력만큼은 그 어떤 인간보다
완벽한 케니안이었다. 거기다 마나 로테이션을 통해 집중력

까지 좋아지면서 마나없이 순수한 검술로만 승부를 겨루면 보텔 공작도 이전처럼 압도적인 승리는 장담할 수 없게 되었다.

물론, 아직도 그가 보텔 공작에게 이긴다는 것은 요원한 일이긴 했지만 말이다.

어쨌든 케니안은 그것으로 만족할 수 없었다. 그가 원하는 것은 단순한 검술 실력이 아니었다. 보텔 공작처럼 마나를 익숙하게 다룰 수 있다면 전투를 훨씬 쉽게 할 수 있고, 전투 가능 시간도 보다 길어질 것이 분명했다.

"음. 시간이 된 것 같은데…… 할 수 없지."

지금 그는 오후에 있는 보텔 공작과의 대련을 위해 쥬비를 하던 중이었다. 하지만 보텔 공작은 작위에 따른 업무가 있었다. 특히 제국을 수복하기 위한 계획이 진행되고 있는 지금은, 무척 바빴다.

며칠 전에도 이런 일이 있었기에 케니안은 보텔 공작과의 오후 수련은 포기하고, 혼자 수련을 시작했다. 그는 페이린이 삐쳐 있을 것이라고는 상상도 못하고 있었다.

"사실, 드러내 놓고 적대 행위를 하고 있는 이들이 아니라 정체를 숨기고 있는 이들이 문제입니다. 그들을 파악하지 못하는 이상, 우리의 계획에 큰 차질이 있을 것입니다."

보텔 공작은 자신이 직접 작성한 첩자 명단을 훑어보고 있는 위즈를 향해 말했고, 위즈는 그의 말에 동의를 표했다.

"그렇습니다. 하지만 지금 당장은 첩자들을 자극하면 안 됩니다. 최대한 그들을 이용할 수 있어야 합니다."

"그러려면 누가 첩자인지 파악해야 하는데……."

보텔 공작이 심각한 표정으로 고민하자, 위즈가 웃으며 대꾸했다.

"그러기 위해서 제가 다녀온 것이 아닙니까?"

그리고 강습 전투함에 마련된 한 방으로 그를 이끌었다. 위즈는 데컴 숲을 떠나는 순간부터 꾸준히 강습 전투함에 거짓말 탐지기를 설치했는데, 바로 그 방으로 안내한 것이다.

"이게 도대체 뭡니까?"

보텔 공작은 텅 빈 방에 조금 특이하게 생긴 의자만 덩그러니 놓여 있는 것을 보고 물었다.

"보시는 대로 의자입니다. 거기 앉으십시오."

그것은 페이린이 케니안 일행을 처음 만났을 때 앉았던 바로 그 의자였다.

보텔 공작은 조금 찝찝했지만, 일단 위즈가 시키는 대로 앉았다. 그러자 의자 뒤에서 머리에 쓰는 관 같은 것이 나왔고, 팔걸이에서도 몇 가닥의 끈이 나와 손목을 휘감았다.

"이… 이게 뭐야!"

깜짝 놀란 보텔 공작은 순간적으로 당황해 소리쳤다.

위즈는 그런 그를 진정시키기 위해 지금 상황을 설명했다.

"당황하지 마십시오. 이것은 거짓말을 판별하는 장치입니다."

"그것 봐, 놀란다니까."

옆방에서 대기하고 있던 키아스가 마이크를 통해 그럴 줄 알았다는 듯 말했다.

이것은 위즈의 아이디어로, 좀 더 시간을 단축하기 위해 자동으로 시스템을 조정한 상태였다. 즉, 누군가 의자에 앉으면 거짓말을 탐지하기 위한 장치들이 곧바로 작동하게 한 것이다.

"역시 그런가? 이것에 대한 것은 미리 교육해야겠네."

"도대체 이게 뭡니까? 왜 저를 거짓말 탐지기로 검사하는 것입니까?"

보텔 공작은 조금은 짜증 섞인 말투로 따졌다. 다짜고짜 사람을 앉히더니 마치 동물 실험을 하는 것처럼 자기들끼리 의견을 나누니 불쾌했다.

"죄송합니다. 다만 사람들이 어떻게 행동하는지 알고자 한 것입니다. 그리고 공작님을 여기에 앉힌 것은 공작님을 의심해서가 아닙니다. 다만 이 장치가 어떤 장치이고, 얼마나 신뢰할 수 있는 것인지 보여 드리기 위해서입니다. 기분 나쁘셨다면 죄송합니다.”

“알겠습니다. 다음부터는 미리 언질을 해주시면 좋겠습니다.”

“네. 그렇게 하겠습니다.”

위즈의 긴 설명을 들은 보텔 공작은 마냥 화를 낼 수는 없어서 그의 사과를 받아들였다. 사실 자신도 도대체 거짓말을 어떻게 가려내는지, 그 결과는 정말 믿을 수 있는지 확인하고자 하는 마음이 있었다.

“그럼 이제 거짓말해 보십시오.”

“네?”

갑자기 거짓말을 해보라는 키아스의 말에 보텔 공작은 어이없다는 표정을 지었다. 다짜고짜 거짓말을 해보라니, 또 분명 이 방에는 없는데 어떻게 이렇게 또렷이 키아스의 목소리가 들리는지, 도대체 영문을 알 수가 없었다.

“하… 무슨 질문이 그래. 밑도 끝도 없이 거짓말해 보라니.”

어이없는 키아스의 말에 잠시 멍해졌던 위즈가 정신을 차리고 한숨을 쉬었다.

“그런가?”

“죄송합니다. 그럼 제가 몇 가지 질문을 하겠습니다.”

“잠깐. 키아스님은 어디 계신 겁니까?”

"키아스는 브릿지에서 이곳을 통제하고 있습니다. 저기 작은 구멍 같은 것이 보이십니까?"

"구멍이라…… 아, 보입니다."

보텔 공작이 앉은 정면 벽에는 아주 작은 구멍이 있었는데, 그것은 마스터인 보텔 공작조차 신경 쓰지 않으면 잘 보이지 않을 정도의 구멍이었다.

"그것을 통해 이 방을 살펴볼 수 있는 것은 물론 듣고 말할 수도 있습니다."

어차피 자세하게 설명해도 이해하지 못할 것이란 것을 알고 있기에 위즈는 간단하게 설명했다.

"저 작은 구멍으로 그런 일이 가능하다니…… 역시 대단합니다."

이것은 보텔 공작의 상식으로는 전혀 이해가 되지 않는 것이었다. 하지만 이들을 상대하며 그런 일을 하나둘 겪은 게 아니다 보니 그러려니 하고 넘어갔다.

"우리는 이런 장치를 이와 똑같은 방식으로 다섯 개를 설치해 놓았습니다. 많은 사람들을 확인해야 하기 때문에 시간을 줄이기 위해서입니다. 이제 질문을 시작해도 되겠습니까?"

"네. 시작하시죠."

위즈는 보텔 공작이 궁금해할 만한 것을 모두 설명하고, 질문을 시작했다.

"본명이 보텔 저메트. 맞습니까?"

"네."

"나이가 83세. 맞습니까?"

"네."

보텔 공작은 너무 쉽고 당연한 것을 물어오자 황당했다. 그래서 거의 건성으로 대답했다.

"잠깐, 나이에 대한 대답이 거짓으로 나오는데?"

"네?"

그런데 갑자기 나이가 거짓이라는 키아스의 말에 말꼬리를 높일 수밖에 없었다.

"공작님, 나이를 속이고 계십니까?"

"아… 그렇군……."

보텔 공작은 그제야 생각났다는 듯이 중얼거렸다. 마스터가 된 후로는 나이에 대해 별로 생각해 보지 않았기 때문이다. 하지만 의식 깊은 곳에선 그것이 거짓이라는 것을 알고 있었기에 거짓말 탐지기가 감지한 것이다.

"여러분만 아십시오. 사실은 세 살 더 많습니다."

보텔 공작의 가문은 스트라 지역을 영지로 가지고 있었다. 스트라 지역은 그 척박한 환경 때문에 아이가 태어나면 곧바로 출생신고를 하지 않았다. 그리고 아이가 3년간 무사히 생존하면 그제야 출생신고를 하는 것이 전통이었다.

비교적 안전하고, 물질적으로 풍요로운 귀족은 꼭 그 전통을 따를 필요는 없었다. 하지만 대대로 스트라 지역에 뿌리내려 온 보텔 공작의 집안은 그 전통을 따라왔다.

그것은 감출 일은 아니었지만, 그렇다고 드러내 놓고 자랑할 만한 일도 아니었기에 비밀로 취급해 온 것이다. 제국 시절부터 스트라 지역을 촌으로 치부하고 은근히 깔보는 다른 지역 귀족들도 그 사실을 비밀로 한 이유 중 하나였다.

"정말 거짓말을 가려낼 수 있군요. 이건 우리 집안사람들만 아는 비밀인데. 하하."

"그럼 계속하겠습니다. 보텔 공작님은 여기 스트라 지역이 고향이십니까?"

"네."

"로테르 왕국을 위해 목숨을 버릴 수 있으십니까?"

"네."

그런 식으로 비교적 간단한 질문이 몇 개 더 이어졌다.

그것들은 간단하면서도, 무의식 속에 반드시 진실이 숨어 있는 그런 질문들이었다.

보텔 공작은 일부러 몇 개의 질문은 거짓으로 대답했는데, 그때마다 키아스는 족집게처럼 그것을 집어냈다.

"이제 성능은 충분히 알았으니, 그만하는 것이 어떻습니까?"

"알겠습니다. 수고하셨습니다."

"뭐. 수고랄 것까지 있습니까. 아무튼 신기하군요."

보텔 공작은 진심으로 감탄했다. 이렇게 간단히 진실과 거짓을 구별해 낼 수 있다니. 몰래 마나로 머리와 팔목을 보호해 보았지만 아무 소용이 없었다. 그것은 이 장치 앞에선 누구라도 거짓을 말하면, 판별해 낼 수 있다는 뜻이었다.

"지금은 이렇게 확인하지만 나중에는 그렇게 하면 안 돼."

보텔 공작과 함께 거짓말 탐지기의 실험을 마친 위즈는 키아스와 몇 가지 수정 사항을 의논했다.

"왜? 거짓말하는지 확인하면서 해야지?"

"그러면 시간이 너무 오래 걸려. 우리가 가진 거짓말 탐지기는 다섯 개밖에 안 돼. 그런데 우리가 검사해야 하는 대상은 2~3만 명 정도야. 일일이 그때마다 거짓말인지를 확인하면서 검사를 진행하면 언제 끝날지 짐작도 안 돼."

확실히 위즈의 말 그대로였다. 지금 보텔 공작에게 하는 것처럼 한다면, 한 사람당 최소 10분 이상이 걸린다. 그렇게 단순 계산으로 24시간 동안 다섯 개의 거짓말 탐지기 모두를 사용한다 하더라도 41일 정도가 걸린다.

다행히 검사 대상에게 할 말과 질문들을 프로그램해 자동으로 검사를 진행할 수 있어 24시간 모두 사용할 수 있었지만, 41일은 너무 긴 시간이었다.

"그럼 어떻게 하자는 거야?"

"검사가 자동으로 진행되니까, 돌아가면서 한 명 정도만 감독을 하면 돼. 그리고 검사 결과의 기록과 정리도 알아서 되니까, 질문과 대답만 빠르게 하는 것으로 해야지."

"그렇게 하면 정확성이 너무 떨어지지 않을까?"

"아니. 정확성은 질문에 달렸지, 진행 방식에는 크게 구애를 받지 않을 거야. 만약 불안하다면 귀족과 기사들을 검사할 때는 예외를 둘 수도 있고."

귀족과 기사들은 그 수가 일반 국민에 비해 훨씬 적었다. 그래서 검사 중 미심쩍은 일이 생겨 확인 작업을 하더라도, 크게 시간의 손실은 없었다.

"일단 문제는 일반 병사들이니까. 아무튼 그렇게 하면, 검사 시간은 한 사람 당 2~3분이면 충분할 거야. 그럼 열흘 정도에 마칠 수 있게 되겠지. 그리고 그 후에 거짓말한 사람들만 걸러내면 시간을 아낄 수 있지."

검사 결과는 코딩 작업까지 마쳐 기록되기 때문에 나중에 데이터를 가지고 결과를 뽑아내는 것은 금방 할 수 있는 일이었다.

"좋아. 근데 검사 감독은 또 너랑 내가 해야 하는 일이야?"

"벨쥬브야 뭐… 자기가 한다 해도 말리고 싶고…… 케니안은 수련한다고 바쁘니…… 우리가 해야겠지?"

벨쥬브에게 맡겨놓으면 건성으로 대충할 것이 뻔했기에 그에게 맡길 수는 없었다. 케니안은 자신들은 물론, 페이린에게까지도 얼굴을 보여주지 않을 정도로 수련에 몰두해 있으니, 결국 그들밖에 없었다.

"젠장. 할 수 없지 뭐. 언제부터 시작할 거야?"

"일단 오늘은 쉬자. 그리고 내일부터 시작하면 될 거야. 보텔 공작님?"

"네. 말씀하십시오."

"드래곤의 사자를 선발한다는 것과 드래곤 레어에서 일할 일꾼들을 뽑는다는 공고를 해주십시오. 모든 귀족들과 기사들은 반드시 참여해야 하고, 18세 이상 30세 이하의 신체 건강한 남자들의 지원을 받는다고 하십시오."

"귀족과 기사는 문제가 아닙니다만, 국민들이 그 공고에 지원할지 모르겠습니다."

드래곤 레어 공사에 끌려가서 돌아온 인간은 지금껏 단 한 명도 없었다. 당연히 지원은커녕 도망가려 할 것이 분명했다.

그 사실을 익히 알고 있던 위즈가 말을 이었다.

"드래곤의 이름으로 2~3년 안에 돌아가게 해준다고 하십시오. 그리고 지원하면 그것만으로 1골드를 지급하고, 합격하면 다시 5골드를 준다고 하십시오. 또 공사가 완료될 때까지 매달 10골드의 월급을 지급한다고 하십시오."

"음. 그렇게 하면 지원은 할 것 같습니다만…… 그런 재원이 되겠습니까?"

아무리 적게 테스트한다 해도 만오천 명 이상은 해야 그들이 원하는 만 명을 모집할 수 있을 것이었다. 그럼 지원자들에게 주는 돈만 15,000골드고, 만 명을 뽑아야 하니 5만 골드를 또 지급해야 했다. 최소 6만 5천 골드가 소모되는 것이다.

그것은 돈 나갈 곳이 많은 로테르 왕국에게 결코 적은 금액이 아니었다. 거기다 기존 병사들보다 두 배가 넘는 월급을 준다는 것은 큰 부담이었다.

"걱정하지 마십시오. 우리에겐 아직 열지 않은 보물창고가 하나 남아 있지 않습니까?"

"그게 무슨…… 아!"

보텔 공작은 위즈의 말에 잊고 있었던 사실 하나를 떠올렸다. 바로 왕국을 괴롭히던 드래곤, 구디의 레어에 있는 보물을 말이다.

비록 휴마벨이 보물을 보지 못했다고 했지만, 드래곤 레어에 보물이 있을 확률은 매우 컸다. 아니, 100% 있다고 봐야 했다. 그동안 자신들이 갖다바친 것만 해도 적지 않은 양이었으니까 말이다.

그 보물들까지 활용하면, 재원 문제는 크게 어렵지 않게 해결할 수 있을 것이다.

그리고 그들은 로테르 왕국의 최고 정병으로 다시 태어날 사람들이었다. 그들에게 일반 병사보다 더 큰 보상을 해주는 것이 당연했다.

"알겠습니다. 당장 포고문을 만들어 배포하겠습니다."

보텔 공작은 그 길로 강습 전투함을 빠져나가 아리스 국왕에게 보고하러 달려갔다.

다음날 오전.

케니안은 오랜만에 수련실을 나와 왕성을 거닐고 있었다. 어제 오후에 이어 오늘 오전에도 보텔 공작이 나타나지 않자, 무슨 일 때문인지 알아보기 위해서였다.

그런데 나오자마자 눈에 띈 것은 거대한 사람들의 행렬이었다. 그 행렬을 따라 눈길을 돌려보니, 그것은 왕성 광장에 착륙해 있는 강습 전투함으로 이어져 있었다.

"위즈와 키아스가 돌아왔나 보군. 그런데 저 사람들은 뭘 하고 있는 거지?"

특이한 광경에 잠깐 발길을 멈추고 살펴본 케니안은, 책상 앞에 앉은 사람에게 몇 마디 말을 들은 후 종이에 뭔가를 적은 사람들이 몇 명씩 규칙적으로 강습 전투함으로 들어가고 나오는 것을 발견했다. 그리고 그 행렬이 무엇을 의미하는지 깨달을 수 있었다.

"거짓말 탐지기를 강습 전투함에 설치했나 보군."

그 광경의 정체를 파악한 케니안은 그대로 보텔 공작을 찾아나서려다가 마음을 고쳐먹었다.

"위즈와 키아스에게 인사라도 해야겠지."

마치 자신을 설득하는 듯 말을 한 케니안은, 걸음을 강습 전투함으로 옮겼다. 입으로는 위즈와 키아스만 말했지만, 그의 진심은 페이린을 보고 싶다는 것이었다.

그때 몇몇 귀족이 강습 전투함으로 향하고 있는 것이 보였다. 그런데 마나 로테이션으로 모든 감각이 전에 비해 발달한 그의 귀로, 그들의 이야기 소리가 들려왔다.

"우리 왕국이 돈이 남아도는가 보군. 저런 것들한테 그 큰 돈을 쓰다니."

"어쩌겠나. 드래곤은 무섭고, 그저 지원하라고 하면 아무도 안 올 테니 궁여지책을 낸 것이겠지."

그들은 오늘 아침 일찍 어명을 받았었다. 그것은 모든 귀족과 기사는 반드시 드래곤의 사자가 되기 위한 테스트를 받아야 한다는 것이었다. 그래서 왕성에 들른 김에 곧바로 그 테스트를 받으러 가는 길이었다.

귀족과 기사는 아무 시간이나 그들의 편의를 봐서 선발 테스트를 할 수 있도록 배려를 받았다. 얼마 안 되는 귀족과 기사를 위해 시간을 따로 내면 효율이 떨어질 것이 뻔했기에 위즈가 궁리해 낸 방법이었다.

그런 줄도 모르고 귀족들은 그것이 귀족을 평민과 다르게 대우하는 것으로 착각했다.

"그나저나… 드래곤의 사자가 되는 것, 어떻게 생각하나?"

"생각할 게 뭐가 있나? 드래곤은 대륙 최강의 생명체네. 그런 드래곤의 신하로 살 수 있다면, 이런 망해가는 왕국의 신하보다야 백번 낫지."

한 귀족의 물음에 선두에 서서 강습 전투함으로 걸어가던 귀족이 신랄하게 말했다.

"말조심하시게, 누가 들으면 어쩌려고."

"듣긴 누가 듣는다고 그러나? 그리고 들으면 어떤가? 막말로 귀족들 대부분은 나처럼 생각할 텐데."

낮말은 새가 듣고 밤말은 쥐가 듣는다는 말도 모르는지, 아님 알면서도 별로 신경을 쓰지 않는 것인지, 그 귀족은 별로 목소리를 낮출 생각도 없어 보였다.

사실 그의 말처럼 대부분의 귀족은 몸만 로테르 왕국에 있지, 그 외의 것은 대부분 다른 왕국에 있었다. 재산이나 충성심은 물론, 심지어 가족들까지 다른 왕국에 보내고 혼자 남아 있는 귀족들도 있을 정도였다.

케니안은 멀리서 그들의 대화를 듣고 그들을 제지해 볼까

하다가 그냥 뒀다. 어차피 저런 자들을 걸러내기 위해 지금의 테스트를 한다는 것을 알고 있었다.

그는 길게 줄지어 서 있는 사람들을 지나치며 강습 전투함으로 걸음을 향했다. 그런 그의 귓속으로 이번에는 줄 서서 차례를 기다리는 사람들의 목소리가 들려왔다.

"저기… 진짜 1골드를 줍니까?"

이제 소년티를 막 벗어난 청년이 궁금한 것이 많은지 앞의 남자에게 묻고 있었다.

"골드는 준다는데…… 만약 선발되면 그게 또 문제지."

"왜요?"

"아직 어려서 모르나 본데, 이 공사는 30년 전부터 한 것이야. 그런데 그동안 공사를 위해 간 사람들 중 아직 한 명도 돌아오지 않았거든."

남자는 약간은 겁을 주듯 청년에게 대답해 주었다.

"그… 그럼 큰일이지 않습니까?"

그 청년이 겁을 집어먹고 더듬거리자, 옆에서 듣고 있던 다른 남자가 말을 이어 받았다.

"말로는 2~3년이면 공사가 마무리되니까 그때 돌려보내 준다는데……."

그러자 이제 여기저기서 서로 한마디씩 던졌다.

"그걸 믿어도 될까? 그전에도 그런 소리를 했다던데……."

"뭐 공사가 오래됐으니, 끝날 때도 되긴 했지."

"우리야 뭐 이것저것 따질 게 있나. 국왕 폐하가 명령을 내리면 따라야지."

"우리가 가지 않으면, 아마 드래곤이 화가 나서 다시 뛰쳐나올지도 몰라. 그러니 가야지."

"선발되면 5골드를 더 준다고 하니, 전 열심히 노력해서 선발될 겁니다. 월급은 줄지 안 줄지 모르겠지만, 5골드는 다들 받아 가더라고요. 그것만 있어도 우리 가족들이 한동안 먹을거리 걱정은 안 해도 될 테니까."

사람들 각각의 이유와 생각을 들으며 걸음을 옮기던 케니안은 그래도 이 나라가 뿌리까지 썩지는 않았다는 것을 알 수 있었다. 그리고 어떤 이유가 되었든, 여기 있는 이들이 앞서 지나간 그 귀족들보다 훨씬 이 왕국의 국민 같다는 생각을 했다.

그렇게 케니안이 이런저런 생각을 하며 강습 전투함의 브릿지로 들어섰을 때, 거짓말 탐지기들을 감독하고 있던 것은 키아스였다.

"아… 함… 어? 왔어?"

생각보다 감독은 할 일이 없었다. 줄을 서 있는 동안 교육을 잘 받았는지, 다들 별문제없이 테스트를 받고 있었기 때문이었다.

“그래. 애트란에는 잘 다녀왔어?”

“그럼. 별일없었어.”

“케니안! 어서 와. 수련은 잘되가?”

키아스가 지루해하며 감독을 하는 동안, 휴마벨에게 줄 자료와 E.G 설계에 대한 마법진을 검토하고 있던 위즈가 케니안의 목소리를 듣고서야 고개를 들고 인사를 했다. 이 행성에 추락한 뒤부터 가장 바쁜 사람은 항상 위즈였다.

“아직은 별다른 진전이 없어.”

“우린 애트란도 가지고 왔는데~”

케니안이 힘없이 대답하자 괜히 장난스럽게 말하는 키아스였다.

“뭐? 애트란을? 어떻게?”

키아스의 대답에 케니안은 깜짝 놀라 되물었다.

“드래곤 하트 두 개로도 애트란을 가동할 수 있는 마나가 되었어. 운이 좋았지. 뭐, 아직 이 행성을 탈출할 정도는 아니지만, 그래도 이 행성에서 전쟁을 벌일 때는 큰 도움이 될 것 같아서 가져왔어. 너무 멀리 있는 것 같기도 했고.”

잠시 하던 일을 멈춘 위즈가 케니안에게 그 과정을 짧게 설명했다. 어차피 케니안이 복잡한 과정을 알 필요는 없었다.

“잘됐네. 그럼 애트란은 지금 어디 있어?”

“일단 휴마벨님이 계신 드래곤의 레어 근처 분지에 착류시켜 놨어. 그 안에는 사바도르 마을 사람들도 있고."

"그럼 페이린은 그 사람들과 있는 거야?"

"아니. 우리랑 함께 왔는데? 너 페이린은 아직 못 봤어?"

"어. 수련실에서 나와 곧장 이리로 온 거야."

약간 실망하는 기색을 보이는 그를 향해 키아스가 위로가 담긴 말을 건넸다.

"뭐, 페이린도 무사해. 걱정하지 마. 아마 별궁에서 쉬고 있겠지."

"그래. 첩자를 가려내는 것은 잘되어가?"

케니안은 여기서 더 이상 페이린의 이야기를 하고 싶지 않았기에 모니터를 둘러보고 있는 키아스를 향해 물었다.

"특별히 어려운 것은 없어. 오히려 지루할 정도야. 귀족이나 기사가 들어오는 방만 프로그램을 바꿔서 실행하면 되니까."

"프로그램?"

"응. 위즈가 만든 건데. 잠깐만, 마침 저 방에 귀족이 들어오네. 한번 봐봐."

위즈는 귀족이 들어서는 방의 프로그램을 교체했고, 케니안은 첩자를 가려내는 과정이 어떻게 진행되는지 살펴보았다.

그 귀족은 의자 하나만 덩그러니 있는 방을 보고 조금 당황하는 듯했지만, 곧 의자에 가서 앉았다. 확실히 어떻게 행동하고 대답해야 하는지에 대한 선행 교육은 귀족과 평민을 가리지 않고 잘되고 있는 것 같았다.

귀족이 의자에 앉자 보텔 공작에게 그랬던 것처럼, 차례로 머리와 팔에 거짓말 탐지기가 씌워졌다. 그리고 곧바로 질문들이 튀어나왔다.

"이름이 무엇입니까?"

"륜 스털츠 백작이오."

"나이는 어떻게 됩니까?"

"62세요."

"고향은 어디입니까?"

"그로린 지역의 테니우스요."

귀족이 거침없이 대답하는 동안 키아스가 케니안에 설명했다.

"이건 귀족, 평민 모두에게 하는 공통 질문이야. 다른 왕국에서 파견된 첩자는 이것만으로도 기본적으로 걸러낼 수 있으니까."

보통 귀족의 족보는 왕실에서 보관해, 위조가 불가능했다. 하지만 드래곤에 의해 수도가 박살 나면서 관련 서류들은 모두 소멸된 상태였다.

그래서 다른 왕국이 작정한다면, 귀족이라도 신분을 위장하는 것이 그리 어렵지 않았다. 어디 시골 영지에서 제국이 몰락하는 것을 지켜볼 수 없어 왕실에 충성하기 위해 왔다고 하면 다 받아들였으니 말이다.

만약 다른 왕국에서 그것을 이용해 첩자를 파견했다면, 당연히 신분을 위조했을 것이고, 그렇다면 이 기본 질문만으로도 정체를 알 수 있었다. 따라서 이 단계를 통과하지 못하면 바로 퇴실시켜 시간을 절약할 수 있었다.

물론 첩자가 아니라 피치 못할 사정으로 신분을 숨기고 있는 이도 있겠지만, 어쨌든 보안이 생명인 이상 그런 자들을 이 일에 참여시킬 수는 없었다.

"이 사람은 이 단계를 통과했네. 지금까지의 대답 중에 거짓이 하나도 없으면, 자동으로 다음 단계로 넘어가."

키아스의 설명대로 곧바로 다음 단계가 진행되고 있었다.

"드래곤을 위해 일하고 싶습니까?"

"그렇소."

그도 앞서 케니안이 멀리서 바라보던 귀족들과 같은 생각을 가지고 있었다. 확실히 그들에게 드래곤이란 존재는 국가를 뛰어넘는 것이었다.

"로테르 왕국을 위해 목숨을 걸 수 있습니까?"

"음. 그렇소."

앞서와 다르게 류 백작은 곧바로 대답하지 못하고, 약간 주저했다.

"다른 왕국이나 제국에 로테르 왕국의 정보를 넘긴 적이 있습니까?"

"뭐… 뭐라고! 나를 어떻게 보고! 그런 일 없소!"

그리고 이어진 질문에 당황하며 소리쳤다. 그러나 그가 당황하든 말든 질문은 이어졌다.

"드래곤님의 사자로 선발되지 않는다면, 계속 로테르 왕국의 귀족으로 살아가겠습니까?"

"난 반드시 드래곤님의 사자가 되고 싶소! 드래곤님을 위해서라면 그 어떤 일이라도 목숨을 걸고 수행하겠소!"

마지막 질문에 그 귀족은 다급하게 외쳤다.

"수고하셨습니다. 반대쪽 문으로 돌아가시면 됩니다. 결과는 차후 공표하겠습니다."

"이… 이보시오! 이런 걸로 어떻게 드래곤님의 사자를 선발한다는 것이오! 내게 기회를 주시오!"

류 백작은 필사적으로 소리쳤다. 하지만 그것은 공허한 외침일 뿐이었다. 아무런 대답이 없는 것은 물론이고, 의자가 펼쳐지며 그를 억지로 일으켜 세웠다.

결국 그는 몇 번 더 자신을 어필하다, 터덜터덜 걸어 나갔다.

"어떤 사람은 극존칭을 써가며 애원하더니, 그래도 백작이라고 끝까지 자존심은 지키네.”

그 모습을 바라보던 키아스가 냉소했다.

“그나저나 이 사람도 마찬가지네. 배신자는 아닌데, 애국심이나 충성심은 눈곱만치도 없는 이런 사람을 우리 계획에 쓸 수는 없지.”

테스트 결과, 류 스털츠라는 이 백작이 다른 왕국에 정보를 팔아넘기지 않았다는 말은 사실이었다. 비록 당황해서 말을 더듬었지만, 거짓말 탐지기는 그가 진실을 말하고 있다고 판별한 것이다. 그렇다고 앞으로의 행보에 적극 동참시킬 만한 충성심을 가진 귀족은 아니었다.

“지금까지 몇 명이나 왔다 갔는데?”

“60명쯤 했는데 스물세 명은 배신자였고 나머지는 저 사람과 같아.”

키아스가 테스트 결과를 살펴보며 대답했다. 어차피 귀족들에게는 큰 기대를 안 하고 있었기 때문에 큰 문제는 아니었다.

“음… 기사들은?”

하지만 당장 전력이 되는 기사들마저 귀족들과 같은 결과라면 그것은 문제가 될 것이다. 전쟁을 준비하는 로테르 왕국에게 기사들의 충정은 반드시 필요했다.

“아직 오지 않았어. 귀족들이 다 끝나면 오려나?”

"그럴지도 모르지. 아무래도 기사들은 귀족들과 마주치는 것을 싫어할 테니."

위즈가 키아스의 의견에 고개를 끄덕이며 동의했다.

로테르 왕국의 기사들과 귀족들은 그리 사이가 좋지 못했다. 기사들은 귀족들을 기회주의자라 여겼고, 귀족들은 기사들을 힘과 고집만 센 무식한 칼잡이로 여겼다. 어쩌면 그런 모습 때문에 기사들에게 작은 기대를 걸어봐도 될 듯했다.

"그래. 일반 평민들은 어때?"

"예상보다 반응도 좋고, 애국심도 뛰어나. 첩자도 아직까지는 없고. 예상보다 만 명을 빨리 채울 수 있을지도 모르겠어."

키아스는 말과 함께 한 모니터를 가리키며 그 방의 진행 상황을 보여주었다. 거기에는 이제 스무 살 정도로 보이는 젊은 청년이 의자에 앉고 있었다. 공통 질문이 나오기 시작했다.

"이름이 무엇입니까?"

"워텟입니다."

그 청년은 많이 긴장했는지, 이마에 송골송골 땀이 맺혀 있었다. 그래도 대답하는 목소리는 또박또박했고, 젊음의 패기가 느껴졌다.

"나이는 어떻게 됩니까?"

"스물한 살입니다."

“고향은 어디입니까?”

“이곳 페트라움에서 나고 자랐습니다.”

예전에는 드래곤 레어로 가는 일꾼을 뽑을 때, 수도가 아닌 다른 지방을 중심으로 했다. 그렇지 않아도 경제 기반이 빈약한 수도인데, 사람까지 줄어들면 아예 경제가 무너질 수도 있어서 그런 것이다.

그런데 이번에는 수도에 포고문을 내려 수도에서 먼저 뽑았다. 다른 지방에서 지원자들이 오기를 기다리는 것은 시간이 많이 소모되었고, 결정적으로 젊은 사람들은 대부분 수도로 몰려오기 때문이었다.

“드래곤 레어를 만드는 노역에 가고 싶습니까?”

“네.”

처음 테스트를 실시할 때만 해도 키아스와 위즈는 당연히 모두들 가기 싫다고 할 줄 알았다. 그런데 막상 뚜껑을 열어 보니 정반대의 결과였다.

그것은 일거리를 찾아 수도로 왔지만, 수도에서도 별다른 일거리를 찾지 못한 사람들이 많았기 때문이었다. 그들은 일단 선발되면 6골드라는 거금을 단번에 벌 수 있고, 월급도 매달 나온다는 말에 주저없이 지원한 것이다.

그 나이 또래의 사람들은 드래곤을 직접 경험한 적이 없기 때문에 드래곤에 대한 두려움이 실질적으로 크지 않다는 이유도 크게 작용했다.

"로테르 왕국의 국민으로 살고 싶습니까?"

"네."

이 질문에도 예상외로 그렇다는 대답이 많았다. 다만 그 이유가 특별히 귀족보다 애국심이 뛰어나서는 아니었다.

평민들에게는 어떤 왕국이나 사는 것은 비슷했다. 다른 왕국으로 가봤자 이방인 취급을 받으며 차별당할 것이 뻔했다. 그럴 바에야 힘들지만 조국에서 떳떳하게 살아가는 것이 나았다.

또, 이 질문으로 로테르 왕국 태생이지만 포섭되었거나, 파견된 첩자를 확실하게 파악할 수 있었다. 왕국의 국민으로 살고 싶다는 것은 최소한 첩자는 아니라는 소리였다.

첩자라면 절대로 로테르 왕국의 국민으로 살고 싶지 않을 것이기 때문이다.

"수고하셨습니다. 반대쪽 문으로 돌아가시면 됩니다. 결과는 차후 공표하겠습니다."

"네. 절 뽑아주신다면 정말 열심히 하겠습니다."

그렇게 워텟이란 청년은 테스트를 무사히 통과하고 밖으로 나갔다.

"귀족이란 작자들이 평민의 반만 되도 나라가 이 꼴은 아니었을 텐데. 쯧."

키아스가 그 모습을 보며 혀를 찼다.

"귀족이란 지위와 상황이 저들을 그렇게 만든 것이지. 한 때 콧대 높았던 제국의 귀족이 이제 몰락해 가는 왕국의 가진 것 없는 귀족이 되었으니. 이럴 땐 벨쥬브의 말이 정말 옳은 것 같아."

"뭐?"

난데없이 벨쥬브가 튀어나오자 키아스가 위즈를 쳐다보며 말꼬리를 올렸다.

"사람은 믿을 수 없는 존재고, 자신의 안위와 욕심을 위해 변할 수 있다는 말 말이야."

"음… 그런가?"

위즈의 침울한 말에 키아스도 괜히 같이 우울해졌다.

"그렇지 않아. 최소한 우리는 서로를 믿고 있잖아? 그리고 보텔 공작처럼 끝까지 충정을 지키는 사람도 있고."

그때 케니안의 입에서 그가 했다고는 믿겨지지 않는 말이 튀어나왔다.

아무런 감정도 느끼지 못하던 케니안이 믿음이라는 것을 가지고 이렇게 동료를 위로한다는 것은 정말 큰 변화였다.

"그래. 그래서 세상은 살아볼 만한 거겠지? 그래서 믿을 수 있는 사람이 소중하고. 그래서 충정을 지키는 사람이 존경을 받고. 근데… 그래서 좀 서글프기는 해."

케니안의 뜻밖의 위로에도 위즈는 여전히 우울함을 털어
내지 못했다.

그러자 키아스가 장난스럽게 투덜거렸다.

"뭘 그리 어렵게 말하냐. 그냥 희소성이 높은, 그래서 보석
보다 훨씬 귀한 사람들이 우리 주위에 있는 것으로 기뻐하자
고."

그런 키아스의 모습에 위즈는 작은 미소를 띠며 대답했다.

"그래. 그러자."

CHAPTER 05
질투

　케니안은 강습 전투함에서 나와 제1별궁으로 향했다. 페이린이 돌아왔다는 것을 알았는데, 그녀를 만나지 않고 그냥 수련실로 돌아가는 것은 내키지 않았다.

　"크흠. 흠."

　페이린의 방 앞에 도착한 케니안은, 괜히 한차례 헛기침을 한 뒤 노크를 했다.

　똑똑똑.

　"……."

　똑똑똑.

　케니안은 잠시 기다려도 아무런 대답이 없어 다시 한 번 조금 더 강하게 노크했다. 그러나 여전히 페이린의 방에서는 아무런 대답이 없었다.

마나를 이용해 방 안을 살펴본 그는, 방 안에서 아무런 기척이 느껴지지 않자 실례를 무릅쓰고 방문을 열어 보았다. 그리고 텅 빈 방을 잠시 살펴본 후, 페이린을 찾아 나섰다.

처음에는 별생각없이 그녀를 찾아 별궁을 느긋하게 거닐었다. 그녀가 갈 수 있는 곳은 그리 많지 않았기 때문이다.

"도대체 어디에 있는 거지?"

하지만 그의 발걸음은 어느새 보통 사람의 달리기 수준이 되어 있었다. 별궁을 샅샅이 뒤지고, 그녀가 갈 만한 근처의 정원까지 모두 찾아봤지만 그녀는 보이지 않았다.

그러자 케니안은 점점 불안해지기 시작했다. 자신들과 보텔 공작 말고는 아는 사람이 없는 그녀가 도대체 어디를 간다 말인가?

'어디 문이 고장난 방에 혼자 갇혀 있나?

에서부터 시작된 그의 상상은,

'혹시 납치라도 당한 것인가?

라는 것으로 발전해 갔다.

특별히 그녀를 납치해 갈 사람도, 이유도 없었지만 그의 불안함과 초조함이 그렇게 만들고 있었다.

그런 그의 눈에 저 멀리서 어딘가로 바삐 걸어가고 있는 한 여인이 보였다. 그 여인과 페이린의 공통점은 오직 허리까지 내려오는 까만 머리카락뿐이었지만, 케니안은 자기도 모르게 그녀의 어깨를 짚고 있었다.

"페이린!"

"꺄악!"

그 여인은 거칠게 잡아당기는 케니안의 손길에 깜짝 놀라 소리쳤다.

"아, 죄송합니다. 사람을 잘못 봤습니다."

짧은 비명소리가 케니안의 정신을 깨우자, 페이린으로 보이던 여인은 왕궁에서 쉽게 볼 수 있는 그런 시녀로 변했다.

케니안은 자신이 왜 이러는지 알 수가 없었다. 도대체 무엇이 자신을 이렇게 만드는 것인지 혼란스러운 것이다.

불안, 초조. 이런 감정은 전투에서 가장 치명적이었다. 따라서 감정이 제어되어 있던 그가, 이런 감정을 느끼는 것은 처음이었다.

감정은 다양한 것이고, 살아가면서 좋은 감정만 느낀다는 것은 불가능한 일이었다. 이것은 그가 감정을 배워가며 겪어야 하는 성장통이었다.

"그럼, 이만."

무례한 케니안의 행동에도 그가 드래곤의 사자임을 알아본 시녀는 공손히 고개를 숙이고 가던 길을 가려 했다.

“잠깐만.”

그런 그녀를 케니안이 불러 세웠다.

“혹시 페이린을 보지 못했습니까?”

그는 지푸라기라도 잡는 심정으로 그녀에게 페이린의 행방을 물었다.

“페이린? 아! 그분이라면 두 시간쯤 전에 어떤 남성분과 함께 왕성 밖으로 나가시는 것 같았습니다. 무슨 바람을 느끼기 좋은 언덕으로 간다고 하시던데…….”

케니안은 지푸라기를 잡을 수 있었다. 하지만 그 지푸라기는 그의 불안을 더욱 키웠다.

필사적으로 지푸라기를 잡고 절벽에 매달려 버티고 있는데, 그 지푸라기가 뜯어질 듯 위태로울 때의 느낌이 이것과 비슷할까?

케니안은 그런 극도의 불안함을 느끼며 달리기 시작했다.

‘어떤 남자라니? 도대체 누가?’

최고 수준의 접대와 보텔 공작이 직접 관여하는 보안을 제공받고 있는 제1별궁에서 그녀를 데리고 나올 수 있는 사람은, 최소한 보텔 공작의 신임을 얻은 사람일 것이다. 따라서 침착히 생각한다면 그녀의 안전을 걱정할 필요는 없었고, 케니안도 이성적으로는 그것을 알고 있었다.

그런데 그의 마음속에는 기분 나쁘게 스멀거리는 무엇인

가가 있었다. 전에 경험했던 분노와 비슷하기는 한데, 꼭 집어 말할 수 없는 그 무엇이 달랐다.

만약 페이린이 신원미상의 여자와 왕성을 나갔다면 지금과 같은 감정이었을까?

전력으로 그 언덕이라는 곳으로 달리고 있는 그에게 그런 생각을 할 여유는 없었다.

수도에 그나마 언덕이라고 불리울 만한 곳은, 딱 한 곳뿐이었다. 그렇게 먼 거리가 아님에도 언덕 꼭대기에 오른 케니안은 숨을 헐떡거리고 있었다. 그만큼 전력으로 달려온 것이다.

그런데 전력을 다한 뜀박질과 마음 한구석에 있던 페이린의 안전에 대한 일말의 불안이 허무해지는 광경이 나타났다.

탁 트여 전망이 좋은 언덕의 꼭대기에서 페이린이 어떤 남자와 웃음을 나누고 있었던 것이다.

그녀가 케니안에게도 보여준 적 없는 웃음을 보여주는 남자는, 젊음의 생기를 풀풀 흘리면서도 그것을 잘 갈무리하는 기품을 갖추고 있었다. 거기다 여자라면 누구나 관심을 가질 만한 매력적인 얼굴까지 가지고 있었다.

"아하하, 바치오님은 말을 참 재미있게 하시네요."

"페이린님과 같은 미녀와 함께하면서 지루함을 느끼게 하면 안 되지요."

"어머… 그런 말씀은……."

“사실을 말하는데 주저하는 것도 남자가 할 일이 아니지요.”

“아이참……”

뛰어난 말솜씨까지 가졌는지 페이린의 얼굴에서는 웃음이 떠나지 않았고, 마지막엔 얼굴을 붉히며 고개를 숙이기까지 했다.

케니안은 허탈했다.

허탈하다는 말이 무엇인지, 그게 어떤 감정인지 절실히 느낄 수 있었다.

그리고 곧 그 허탈함을 대신해 가슴 저 깊은 곳에서부터 무엇인가가 끓어오르기 시작했다. 이런 감정은 한 번 경험해 그도 잘 알고 있는 것이었다.

그것은 바로 분노였다.

페이린 앞에서 실실거리고 있는 그 남자를 단칼에 쳐 죽여버리고 싶은 분노가 머리끝까지 치솟았다. 그런데 케니안은 그 욕구를 해소하기 위해 움직이지 못했다. 무엇인가가 순간적으로 그를 당황하게 한 것이다.

케니안을 그렇게 만든 것은, 페이린과 마주하고 있는 남자에게 향하던 분노가 페이린에게까지 전염되고 있다는 사실이었다.

만약, 그가 처음 분노를 느꼈던 그때처럼 그것을 표출하면 페이린에게도 해가 갈 것이 분명했다.

케니안은 잠시 호흡을 가다듬으며 분노를 삭이기 위해 노력했다. 아무리 화가 나도 그것을 페이린에게 표출할 수는 없었다.

그래서 잠시 분노를 삭이며, 둘의 모습을 지켜보기로 했다.

어느새 감정을 컨트롤할 수 있는 단계까지 성장한 그였다.

페이린을 여기까지 데려와 케니안에게 살인 충동을 불러일으킨 남자는, 바로 보텔 공작의 둘째 아들 바치오 저메트였다.

그는 다른 정령술사와 교류없이 독학과 뛰어난 정령 친화력을 바탕으로 물의 중급 정령과 계약을 맺은, 로테르 왕국의 유일한 정령술사였다.

그래서 아버지로부터 정령술사로 보이는 사람이 있다는 이야기와 함께, 그 사람을 만나보라는 말을 듣고 흥분으로 잠을 이루지 못할 정도였다.

그리고 마침내 어젯밤에 아버지로부터 저번에 언급했던 정령술사가 돌아왔으니 만나보라는 명을 받고는, 아침 일찍 페이린을 방문한 것이었다.

"음~ 확실히, 페이린님에게서는 참 좋은 향기가 느껴지네요."

"네? 그… 그게……."

페이린은 바치오의 말에 더욱더 얼굴을 붉혔다. 이렇게 솔직하고 직접적인 말은 처음 듣는 그녀였다.

하지만 그가 말한 향기는 단순한 향기가 아니었다. 그가 맡은 향기는 정령의 향기라는 독특한 향기였다.

정령의 향기는 정령술사들만이 맡을 수 있는 특유의 향기였는데, 한 번이라도 정령을 소환한 사람에게서는 절대로 지워지지 않는 것이었다.

그 향기가 진한 정도로 정령술사의 능력을 가늠할 수 있었는데, 그녀의 향기는 책에서 묘사하던 바람을 닮아 가볍고 시원한 향기였고, 자신의 향기보다 더욱 진하게 느껴졌다.

따라서 그녀는 바람의 정령술사가 분명했다.

그런데 그녀의 방에 들어서는 순간 곧바로 느껴질 정도의 향기였음에도 불구하고, 그녀는 정령을 소환하지 못했다.

그래서 바람의 정령을 가장 잘 느낄 수 있는 장소, 즉 바람이 쉴 새 없이 불어오는 언덕으로 그녀를 데리고 온 것이다.

"페이린님은 정령술에 대해 특출한 재능은 있지만, 정령에 관해서는 잘 모르신다고 하셨죠?"

"네."

"그럼 기본적인 것부터 알려 드릴게요. 사실 정령을 소환할 수만 있다면 이런 잡다한 지식은 머리만 아프게 하는 쓸모없는 것이지만, 정령에 관해 좀 더 알게 되면 페이린님의 정령을 소환하는 데 도움이 될지도 몰라요."

그는 최대한 페이린의 기분을 배려하면서 말을 이어갔다.

"정령들도 계급 체계가 있어요. 최하급부터 하급, 중급, 상급 정령이 있고, 그 위로는 고위 정령과 정령왕이 있는데, 사실상 인간이 계약할 수 있는 것은 상급 정령까지예요."

"왜요?"

"고위 정령부터는 그 힘과 능력도 대단하지만, 인간보다 뛰어난 지적 능력과 자아를 가지고 있다고 해요. 그래서 인간과는 교류하려고 하지 않죠. 물론 예외는 있을 수 있겠지만."

"네."

페이린은 이해는 잘되지 않았지만, 그런가 부다 하고 생각하며 대답했다.

"정령술은 노력보다 타고나는 재능에 크게 의존하는 능력이에요. 하지만 노력 여하에 따라서 정령 친화력을 조금은 향상시킬 수 있어요."

"어떻게요?"

"각 속성마다 다양한 방법이 있는데, 공통점은 각 속성과 밀접하게 지내면서 친해지도록 하는 것이에요."

"친해진다고요?"

"네. 그것을 말로 설명하기는 어려운데…… 저를 예로 들면, 저는 항상 물을 가까이 했어요. 물속에서 오랫동안 숨을 참는 연습을 매일 하고, 한동안은 물을 채워놓은 욕조에서 몸을 반 이상 담그고 잠을 자기도 했죠."

"네? 그런 게 가능해요?"

"그럼요. 정령술사들은 어릴 때부터 각 속성과 무척 친했다는 통계가 있어요. 쉽게 말해, 큰 화상을 입을 수 있는 뜨거운 불에 데어도 불 속성 정령술에 재능이 있다면 별다른 화상을 입지 않는다는 것이에요. 그 이유가 불의 속성과 친해서라는 것이죠."

정확하게 말하면 불의 속성과 친해지면, 불의 정령이 불로부터 보호를 해주기 때문이었다. 이런 친함은 단순히 가까이 지낸다고 되는 것이 아니었고, 재능이 있어야 했다. 아무런 재능 없이 불과 친해지기 위해 불을 가까이 하다가는 큰 화상을 입기 십상이었다.

즉, 일정 이상의 재능을 가진 사람들이 친화력을 조금이라도 높이기 위한 방법으로 이용하는 것이다.

물과 강력한 친분을 쌓으면, 물의 정령이 산소를 제공해 물 속에서도 숨을 쉴 수 있게 해주고, 바람과 친해지면 어떤 강풍 속에 있어도 산들바람 속에 있는 것처럼 편안함을 느낄 수 있게 해준다.

그것이 바로 각 속성과 친해지고, 정령술을 익히는 첫걸음인 것이다.

“그래서 여기로 나오자 하신 거군요.”

“네. 수도에서 바람을 느끼기 가장 좋은 곳은 여기니까요. 어떤 이유에서 페이린님이 정령을 소환하지 못하고 있으신지 모르겠지만, 일단 항상 바람을 맞으며 바람과 친해지도록 노력하세요.”

“네……. 그런데 바치오님은 어떤 정령과 친하세요?”

“하하. 전 물의 중급 정령과 아주 친해요.”

친하다는 표현은 페이린의 이해를 돕기 위해 한 것이었다. 그런데 페이린은 그것을 그대로 사용해 물어왔다. 보통은 정령술사의 능력을 알아볼 때 어떤 정령과 계약했냐고 묻는 것이 정상이었다.

하지만 바치오는 페이린의 순수함이 마음에 들었고, 친하다는 표현이 더 마음에 들어 페이린의 방식대로 대답했다.

“말이 나온 김에 한번 보여 드릴까요?”

그는 페이린의 대답을 기다리지 않고 가만히 눈을 감았다.

그러자 그의 앞에 뭔가 일렁이기 시작했다. 마치 물로 된 벽 사이로 그의 모습이 보이는 것 같았다. 그 일렁임은 곧 성숙한 여인의 모습으로 변화했고, 순식간에 완전한 형상을 갖추었다.

“이것이 저와 계약을 한 물의 중급 정령, 워드리안이에요.”

바치오는 마치 연인을 보는 듯한 그윽한 눈길로 워드리안을 바라보았다. 그리고 그녀와 뭔가 의견을 주고받는 듯, 고개를 몇 번 끄덕였다.

정령은 계약한 당사자와 정신적으로 연결되어 있었기에 생각만으로 대화를 나눌 수 있었다. 그래서 정령을 소환하고 부리는 데에 따로 주문이 필요없었고, 그것이 마법과 비교했을 때 가장 뛰어난 장점이었다.

"뭐 하시는 거예요?"

그런 사실을 모르는 페이린은 그가 아무런 말 없이 심각한 표정으로 고개를 끄덕이는 것을 보며 물었다.

바치오는 손을 들어 페이린에게 기다려달라는 표시를 하고는, 좀 더 워드리안과 대화를 나누었다. 그리고 잠시 후, 워드리안은 나타났던 것처럼 일렁거리며 사라졌다.

그가 정령을 불러낸 데는 그녀에게 정령을 보여주려는 것도 있었지만, 더 중요한 의도는 워드리안에게 페이린에 대해 물어보려고 했던 것이다. 정령에 관한 것은 정령에게 직접 보이는 것이 가장 정확했기 때문이다.

"음. 이상하군요."

바치오는 팔짱을 끼고 고개를 갸우뚱거리며 말했다.

"뭐가요?"

"워드리안이 말하길, 페이린님에게는 상급 바람의 정령에게서 나는 향기가 묻어 있다고 해요."

“상급이요?”

“네. 페이린님 나이 정도에 상급 정령을 소환했다는 것은 아주 놀라운 일이에요. 그런데 문제는…….”

꿀꺽.

바치오가 말을 끌며 표정이 어두워지자 페이린은 자기도 모르게 마른침을 삼켰다.

“페이린님에게서 정령 친화력이 그다지 느껴지지 않는다는 것이에요.”

“그럼… 저는 정령술을 할 수 없는 건가요?”

페이린이 심각한 얼굴로 고개를 떨어뜨리자, 바치오는 장난스런 미소를 띠며 말을 이었다.

“걱정하지 마세요. 워드리안에게 들었는데, 페이린님이 아주 놀라운 아티펙트를 가지고 있다는 것을 알았어요.”

“아티펙트요? 그게 무슨…….”

페이린도 아티펙트가 어떤 물건인지 정도는 알고 있었다. 하지만 마법이랑은 완전히 동떨어진 생활을 한 자신이 아티펙트를 가지고 있다는 말을 믿을 수 없었다.

“페이린님의 귀걸이. 그것은 정말 보기 드문 윌 오브 윈드라는 아티펙트예요.”

바치오는 워드리안으로부터 전해 들은 이야기를 페이린에게 들려주었다.

월 오브 윈드. 그것은 바람 속성 정령왕의 의지와 계약된 아티펙트로, 강력한 의지만으로 정령왕을 제외한 모든 바람의 정령들을 소환할 수 있는 최상급의 아티펙트였다.

이것은 원래 퓨텔이 태어났을 때, 그를 보호하기 위해 그의 어머니가 만든 것이었다.

아무리 드래곤이라 해도 헤츨링일 때는 별다른 힘도, 마나도 없다. 하지만 정신력만큼은 뛰어난데, 그것은 드래곤이 가진 막대한 지식을 전수받기 위해 선천적으로 가지고 태어나는 것이었다. 그래서 이것만 있으면 헤츨링이라 하더라도 상급 정령은 물론, 고위 정령도 소환할 수 있었다.

월 오브 윈드의 작동 원리가 자신의 의지를 정령왕에게 전달해 정령왕의 의지로 정령계와 연결된 통로를 여는 것이었기 때문에, 착용자가 마나가 없다 하더라도 정령을 소환할 수 있는 것이었다.

따라서 소환할 수 있는 정령의 수준은 오직 착용자의 절박함이나 카리스마, 강인함 등과 같은 요소에 달려 있었다.

"이… 이게 그렇게 대단한 물건이었어요?"

"네. 그것을 가지고 의지를 단련한다면, 대륙의 그 어떤 정령술사보다 강력한 정령술사가 될 수 있어요. 역시 드래곤의 사자시라더니, 드래곤께서 페이린님을 많이 아끼시나 봐요."

"네? 아, 네. 그렇죠."

　　바치오는 페이린이 드래곤의 사자라 알고 있었다. 보텔 공작이 보안을 위해 아들에게도 사실을 말해주지 않은 것이다. 그래서 월 오브 윈드가 아주 탐이 나지만, 감히 욕심을 부리지는 않았다.

　　“그런데 왜 사용법은 알려주지 않으셨을까요?”

　　“그… 그러게요.”

　　당연히 드래곤이 준 게 아니니 그랬지만, 페이린은 그것을 곧이곧대로 말할 수 없어 말을 얼버무렸다.

　　바치오는 그녀의 귀에서 반짝거리고 있는 월 오브 윈드에 시선을 빼앗겨서 그런지, 말을 얼버무리는 페이린을 이상하다고는 생각하지 못했다.

　　“그 귀걸이를 잠시 봐도 될까요?”

　　바치오는 월 오브 윈드를 뺏을 수는 없지만, 한번 자세히 보는 것 정도야 괜찮을 것이라 생각하고 페이린에게 물었다.

　　“아니. 그… 그게…….”

　　페이린은 바치오의 요청에 잠시 망설였다. 월 오브 윈드는 케니안으로부터 처음으로 받은 선물이었다. 그만큼 의미가 큰 물건이었다.

　　“아, 그렇게 귀중한 물건을 제가 죄송했습니다.”

　　페이린이 망설이자 바치오는 두말없이 단념했다. 드래곤에게 받은 물건을, 비록 잠시라도, 남에게 건네줄 수 없을 것이라고 스스로를 납득시키면서 말이다.

"아니에요. 여기."

그러자 페이린은 윌 오브 윈드를 빼서 앞으로 내밀었다. 바치오가 자신을 위해 이만큼 노력해 줬는데, 주는 것도 아니고, 잠깐 살펴보게도 못한다는 것이 미안해서였다.

"감사합니다."

바치오는 자신을 향해 내밀어진 윌 오브 윈드를 받으며 페이린의 손을 살며시 잡았다. 그냥 윌 오브 윈드만을 집으면 되는데도 말이다.

그의 행동에는 사심이 들어 있었다. 페이린 자체로서도 때 묻지 않은 순수함을 가진 매력적인 여자였고, 드래곤의 사자로서 희귀한 아티펙트도 가지고 있었다.

만약 자신의 여자로 만들 수 있다면 자신과 가문을 위해 나아가 왕국을 위해, 아주 이상적인 결과였다.

페이린의 눈치를 보니 자신에게 호감을 가지고 있는 것 같기도 했다. 붙잡힌 손을 불쾌해하며 곧바로 빼내지 않았으니 말이다.

"바… 바치오님."

당황하는 페이린을 그윽한 눈으로 바라보았다. 그리고 천천히 그녀를 향해 다가섰다. 그리고 다른 한 손이 페이린의 볼에 닿으려는 순간,

“거기까지.”

바치오는 차가운 목소리와 함께 목을 간질거리는 서늘한 기운을 느꼈다. 케니안이 그의 등 뒤에서 목에 검을 대고 있었던 것이다.

“손가락 하나라도 까딱하면…… 죽는다.”

“누… 누구십니까?”

바치오는 케니안의 서슬 퍼런 기세에 정령을 부를 생각도 하지 못하고, 사시나무처럼 떨기 시작했다. 정령을 부르는 순간 자신의 목이 달아날 것이라는 것을 직감적으로 깨달은 것이다.

“케… 케니안님?”

갑작스런 케니안의 등장에, 페이린은 자기도 모르게 말을 높였다. 분명 잘못한 것은 없는데, 왠지 숨어서 하지 말라는 짓을 하다 부모님에게 들킨 것과 비슷한 기분이었다. 더욱 그녀의 정신을 뒤흔들고 있는 것은 처음 보는 케니안의 모습이었다.

“물러서 있어.”

“왜… 왜 이러세요?”

“물러나라고 했어.”

케니안은 그녀를 향해 눈길도 주지 않으면서 싸늘하게 말했다. 그의 말에서 뚝뚝 떨어져 내리는 냉기에도 불구하고 페이린은 물러서지 않았다.

"도대체 왜 이러는지 말해보세요."

케니안 자신도 왜 이런 행동을 하는지 모르고 있었다. 아니, 알고는 있지만 그것을 입 밖으로 내기 싫었다. 그것을 입 밖에 내는 순간, 자신이 비참해질 것 같은 기분이었기 때문이다.

그래서 그는 진심과는 다른 말을 꺼내었다.

"그게 다른 남자에게 건네줄 정도로 아무것도 아닌 것이었나?"

"네? 아니, 이건 잠시만……."

"저… 전 다른 의도로 그런 것이 아니라……."

"그 입 다물어!"

바치오가 말을 더듬으며 힘겹게 말을 꺼냈지만 케니안의 벼락같은 외침에 한마디도 더 꺼낼 수 없었다.

바치오는 이렇게 직접적으로 살의에 노출된 적이 없었다. 그는 왕국에 하나뿐인 정령술사인데다, 마스터이자 공작인 보텔의 아들이었다. 사람들은 언제나 그를 우러러보았지, 이렇게 극도의 적의를 나타낸 적은 없었던 것이다.

결국 그는 공포에 질려 바지를 적시고 말았다.

그런 그의 모습을 본 케니안은 갑자기 자신이 한심해졌다. 자신에게 대항해 페이린을 지키기는커녕, 뒤를 돌아볼 생각

도 못하고 바지를 적시고만 남자에게 분노하고 있는 자신이
한심하게 느껴진 것이다.

케니안은 검을 물리기 위해 들어 올렸다.

"안 돼요!!"

그때 페이린이 소리를 질렀다. 케니안의 행동이 마치 검을
내려치기 위한 모습으로 보였던 것이다.

귀걸이를 건넨 것이 이렇게 케니안을 화나게 할 줄은 몰랐
지만, 우선은 그를 막아야 한다고 생각했다. 살레이토에서의
일 이후, 케니안이 지켜오던 맹세를 이렇게 깨뜨리게 할 수는
없었다.

그런 그녀의 의지가 전달되었는지, 귀걸이에서 녹색 빛이
쏟아졌다. 그리고 그 빛 속에서 보텔 공작과의 대련에서 케니
안을 보호하던 정령들이 튀어나와 그의 팔에 들러붙었다.

페이린의 외침에 두 눈을 질끈 감았던 바치오는 아무런 고
통도 느껴지지 않자 살며시 눈을 떴다.

가장 먼저 눈에 들어온 것은, 자신의 뒤를 노려보고 있는
페이린이었다. 그리고 다음에 느껴진 것이 강력한 정령의 기
운이었다.

페이린이 자신을 살리기 위해 정령을 소환해 냈다는 것을
깨달은 그는, 용기를 내어 뒤를 돌아보았다.

그리고 주저앉고 말았다. 케니안이 마치 자신을 내려치려

는 듯한 모습으로, 검을 높이 치켜들고 있었기 때문이었다.

하지만 곧 그의 팔을 붙잡고 있는 네 개의 물체를 보고는 자신도 모르게 중얼거렸다.

"시… 실피린이 네 명이나?"

아무리 뛰어난 정령술사라도 상급 정령을 하나 이상 소환하는 것은 불가능하다는 것이 정설이었다.

중급 정령 이상부터는 자아를 가지게 되고, 상급 정령은 자존심도 세기 때문에 동시에 소환되는 것을 싫어했다. 자칫하면 소환된 정령끼리 싸움을 할 수도 있었다.

거기다 상급 정령은 소환자의 마나를 빠르게 소모하기 때문에 동시에 두 명만 소환해도, 5분도 안 돼 탈진하기 십상이었다.

그런데 네 명의 상급 정령이 일사불란하게 소환자의 명을 따르고, 페이린은 전혀 지친 기색도 보이지 않으니 놀라지 않을 수 없었다.

상급 정령은 최상급 그레듀에이트와 맞상대를 할 수 있을 정도의 힘과 특유의 움직임을 가졌고, 상극 속성을 가진 오러가 감싼 무기가 아니면 피해를 줄 수 없다는 특성 때문에 아주 강력한 존재였다.

그럼에도 불구하고 케니안은 마음만 먹는다면 정령들을 떨쳐 낼 수 있었다. 그는 퓨어 오러를 뿜어낼 수 있는 마스터였기 때문이다.

하지만 그는 그러지 않았다. 자신의 팔을 붙들고 있는 정령들에게서 적의보다는 안타까움이 전해져 왔기 때문이다.

"바치오님, 다음에 정식으로 사과드릴게요. 일단 돌아가세요."

"네… 네!"

바치오는 페이린의 말에 후다닥 일어서서 언덕을 뛰어 내려갔다.

그는 이런 위험한 자를 페이린 옆에 두고 도망간다는 자책감은 없었다. 일단 자신이 살고 봐야 한다는 생각이 강했던 것이다. 그리고 그녀가 자신보다 훨씬 강력한 정령술사라는 사실도 그의 행동을 정당화하고 있었다.

"왜 그런 눈으로 나를 보는 거지?"

바치오가 시러지고서도 한참을 노려보는 페이린을 향해 케니안이 물었다.

"몰라서 물으세요?"

케니안은 뾰족한 페이린의 말이 자신의 가슴을 찌르는 것 같았다. 하지만 고통보다 분노가 먼저 일어났다. 자신이야말로 물어보고 싶었다. 자신이 왜 이렇게 행동하는지 정말 모르는지 말이다.

"귀걸이는 정령을 소환하는 아티펙트라 바치오님이 잠깐

보여달라고 하신 것뿐이에요. 절대로 주려고 했던 것은 아니
에요."

"아주 즐거워 보이더군."

"네?"

자신의 말과 전혀 상관없는 케니안의 말에 페이린이 되물
었다.

"나와 있을 때는 한 번도 그런 모습을 본 적이 없는데."

"……."

전혀 예상하지 못했던 말에 페이린은 할 말을 잃고 멍하니
케니안을 바라보았다. 어느새 페이린의 의지에 따라 소환되
었던 정령들은 사라지고 없었다.

그것을 아는지 모르는지, 케니안은 팔은 그대로 둔 채 정말
꺼내기 싫은, 그래서 그를 힘들게 하는 말을 꺼내고 말았다.

"나보다… 그 남자와 있는 것이 좋은 거야?"

케니안의 물음에 페이린은 확 얼굴을 붉히고 말았다. 이제
야 케니안이 화가 난 진짜 이유를 깨달은 것이다.

그것은 바로 질투였다.

"대답해. 그런 거야?"

"……."

남자의 질투란 것을 처음 받아본 페이린은 어떻게 해야 할
지 갈피를 잡지 못했다. 지금 상태로 아니라고 해봤자 믿어주

지도 않을 것 같았고, 그렇다고 긍정할 수도 없었다.

이럴 땐, 그냥 자신이 상대방을 얼마나 사랑하는지 느낄 수 있도록 해주어야 하는 것이 최선이었지만 페이린에게 그런 요령을 기대할 수는 없었다.

"페이린. 너는 나를 믿어?

"……."

"나를 믿냐구!!"

"……."

페이린은 도대체 어떻게 대답해야 할지 알 수 없는 질문만 쏟아내는 케니안에게 조금 화가 났다. 그러나 같이 화를 낼 수는 없어서 또다시 아무 말도 할 수 없었다.

케니안은 자신의 질문에 대답이 없자 힘없이 돌아서 언덕을 내려가려 했다.

그리고 세 발자국이나 떼었을까?

"그걸… 꼭 말로 해야 알아요?!"

페이린의 외침은 케니안의 발걸음을 멈추게 했다.

그리고 다가오는 발소리에 몸을 돌리던 케니안은, 생전 처음 느껴보는 전율에 몸을 떨며 신음성을 흘렸다.

"으음!"

페이린이 뛰어와 안기며 입술을 포갠 것이다.

영원 같은 찰나의 시간이 지나 떨어진 페이린의 입술에서,

부끄러움을 감추지 못한 말들이 튀어나왔다.

"내가 오빠를 믿지 못하면 어떻게 여기 있겠어요? 케니안 오빠는 정말…… 바보야!"

그리고 그를 지나쳐 뛰어갔다.

"……"

이번에는 케니안이 할 말을 잃은 채 멀어지는 그녀를 멍하니 바라보고 있었다.

그녀를 쫓아가 한 번 더 그 전율을 느끼고 싶다는 욕망과 지금까지 남아 있는 전율의 자취를 음미하고 싶다는 욕망이, 그의 마음을 정확히 반으로 나눠 차지하고 있었다.

그때 전혀 생각지도 못했던 목소리가 들려왔다.

"질투의 화신이네."

"헉!"

깜짝 놀란 케니안이 고개를 들어보니, 벨쥬브가 나뭇가지 위에 걸터앉아 있었다.

오늘 아침, 벨쥬브는 오랜만에 멀쩡한 정신으로 왕성을 거닐고 있었다. 갑자기 산책이라는 고상한 취미가 생겨서 그런 것은 아니었다. 그저 자신의 눈을 피해 다니는 궁녀들 중 마음에 드는 궁녀를 찾기 위해 어슬렁거린 것이다.

그때 미친 말처럼 엄청난 속도로 왕성을 빠져나가는 케니안이 그의 눈에 띄었다.

눈에 뭐가 씌었는지 앞뒤 가리지 않고, 앞을 막는 것은 무엇이든 부숴 버릴 듯한 기세로 달려가는 그에게 흥미를 느껴 열심히 쫓아왔다. 그리고 자신의 특기인 은신술을 발휘해 지금까지 일어난 일을 모두 훔쳐본 것이다.

케니안이 정상적인 상태였다면 진작 그의 존재를 알아차렸겠지만, 그동안 그는 그럴 수 있는 상태가 아니었다.

"질투? 그게 뭐지?"

벨쥬브 때문에 기분이 확 깨어졌지만, 케니안은 차분하게 물었다.

벨쥬브는 자신이 느낀 것이 어떤 감정인지 알고 있는 것 같았다. 기왕 이렇게 된 것, 그 감정의 정체라도 알고 싶었고, 그것을 가장 정확하게 말해줄 수 있는 사람은 벨쥬브뿐이었다.

"아. 잘 모르지? 아까까지만 해도 네가 미친 것처럼 날뛰게 만든 그 감정. 내 여자가 다른 남자랑 말을 하거나 친하게 지내거나 하면 괜히 그 남자와 여자에게 화가 나는 것. 그게 질투란 거야. 그게 심해지면 내 여자가 다른 남자랑 눈을 마주치는 것조차 싫어지지."

"그래. 그런 것이었나……."

케니안은 벨쥬브의 말에 자신의 감정에 대해 어렴풋이 이해할 수 있었다. 그리고 자신을 만든 인간들이 왜 감정을 제어하는 칩을 머릿속에 삽입했는지도 알 수 있었다. 감정에 휘둘려 자기 자신을 통제할 수 없었으니까 말이다.

"그런데 너희 둘… 아직도 이런 관계로밖에 발전하지 못한 거냐?"

"……."

케니안은 벨쥬브의 말이 무슨 뜻인지 몰라 아무 대답도 하지 못했다.

"한심하긴. 아무튼 별로 좋은 건 아니니까 적당히 하라고. 질투, 그게 의처증의 씨앗이 되니까."

벨쥬브는 재미있는 구경을 한 보답으로, 그답지 않게 충고까지 한 후 언덕을 내려갔다.

케니안은 의처증이 뭔지는 몰랐지만, 좋지 못한 것이란 것은 확신했다.

의처증. 어감부터가 기분 나쁘지 않은가?

CHAPTER 06
진실

일주일 후, 페트라움에서 만 명이 넘는 대인원이 페이샬 산맥으로 이동하기 시작했다.

일반 국민들을 테스트하는데 평균 3분의 시간이 걸렸고, 다섯 대의 거짓말 탐지기로 24시간 테스트를 진행하니 하루에 2,400명씩 테스트를 마칠 수 있었다.

현장에서 바로 돈을 지급한 것이 국민들에게 신뢰를 심어주기도 했지만, 테스트를 일찍 마무리할 수 있었던 가장 큰 이유는 생각보다 많은 사람들이 로테르 왕국에 대한 애국심을 가지고 있었기 때문이었다.

위기에 빠진 나라를 구하기 위해 발벗고 나서는 사람들은,

언제나 가장 낮은 계층들의 사람들이란 것을 잘 드러내는 현상이었다.

만 명의 선두에는 세 명의 귀족과 스무 명의 기사가 그들을 이끌고 있었고, 그들 주위에는 테스트를 통과한 병사 200명이 호위를 하듯이 걷고 있었다.

스무 명의 기사와 200명의 호위병은 페이샬 산맥을 통과하기에 턱없이 부족한 전력이었는데, 드래곤의 사자가 그들의 안전을 장담했기에 그런 소규모의 호위 병력만 대동한 것이었다.

선두에서 말을 탄 채 행렬을 이끌고 있는 세 명의 귀족은 150명이 넘는 귀족들 속에서 테스트를 통과한 다섯 명 중 비교적 젊고 건장한 이들이었다. 나머지 두 명의 귀족은 왕성에서 보텔 공작의 일을 돕게 하기 위해 남겨두었다.

그에 반해 기사들은 약 20% 정도인 열여덟 명을 제외하고는 모두 왕국에 강한 충성심을 가지고 있었다.

기사들은 드래곤에게 두려움보다는 분노를 더 크게 가진 자들이었다. 그들은 자신의 가족, 동료들을 처참히 살해한 드래곤을 용서할 수 없었다.

물론 그 분노를 드래곤에 표출하지는 못하고 있었지만, 그렇다고 그 분노가 사라진 것은 아니었다. 오히려 더 뜨겁게 달아올라 있었다. 그것은 아무리 시간이 지난다 하더라도 변하지 않을 진리 같은 것이었다.

충격적인 사실은, 언제나 로테르 왕국에 대한 충성심을 보였던, 최상급 그레듀에이트이자 골드 마운틴 기사단의 단장인 어닉이 변절자였다는 사실이었다.

그렇게 수많은 변절자들을 수도에 두고 드래곤에게 가는 줄로만 알고 있는 귀족들과 기사들은 불안하기만 했다. 자신들은 분명히 드래곤의 사자가 되기 싫다고 대답했는데 왜 선발되었는지 알 수가 없었다.

이 인원을 책임지고 인솔하게 된 원스 제네트 백작은 그 의문을 자신의 왼편에서 말을 타고 있는 타이커 미나네트 남작에게 표출했다.

"의외로군. 자네가 드래곤의 사자로 선발되다니."

깊은 생각에 잠겨 말에게 몸을 맡긴 채 흔들리고 있던 타이커 남작은, 원스 백작의 말에 깜짝 놀라며 대답했다.

"네? 아… 네. 저도 백작님을 이렇게 뵐 줄은 몰랐습니다."

그들은 몇 남지 않은 국왕파로 알려진 인물들이었다. 그것은 원스 백작 오른편에서 묵묵히 말의 흔들림에 몸을 맡기고 있는 아렉 메이카이 남작도 마찬가지였다. 그의 가문은 그 어떤 외압에도 굴복하지 않고 왕국에 충성을 다해온 귀족 가문이었던 것이다.

비록 그들이 따로 뭉쳐 세력을 구축하거나 하지는 않았지만, 다른 귀족들과 달리 보텔 공작을 도와 왕국을 부흥하기 위해 노력하는 귀족이라는 것은 공공연한 비밀이었다.

그래서 드래곤의 사자로 선발되었다는 말을 들었을 때, 자신들의 귀를 의심했다. 그리고 그 결정을 철회해 달라고 국왕 폐하에게는 물론 드래곤의 사자에게도 의견을 전달했지만, 전혀 통하지 않았다. 오히려 왕국을 위해 드래곤의 사자로서 페이샬 산맥으로 가달라는 국왕의 부탁이 전해져 왔다.

"휴… 그래도 자네와 저 아렉 남작이 있어 왕국의 미래에 작은 희망이라도 걸 수 있었는데. 이제 우리 모두가 이렇게 떠나게 됐으니…… 왕국의 앞날이 걱정이네."

원스 백작은 드래곤의 사자가 되어 드래곤에게 가면서도 나라 걱정을 떨칠 수가 없었다.

"무슨 내막이 있는 것도 같지만…… 어떻게 보면, 오히려 잘된 일일 수도 있습니다."

그런 그를 향해 타이커 남작이 조용이 말을 건넸다. 하지만 원스 백작은 흥분을 감추지 않고 소리를 질렀다.

"뭐라고? 내가 자네를 잘못 본 것인가? 어떻게 그런 말을 할 수 있나?"

"흥분을 가라앉히시고 차분히 생각해 보십시오.

"도대체 뭘 생각하라는 것인가?"

"드래곤의 사자는 드래곤에게 정보를 전달할 수도 있고,

부탁을 할 수도 있지 않겠습니까?"

홍분해 목소리를 높이던 원스 백작은 이어진 타이커 남작의 말에 뭔가 짚이는 것이 있는지 홍분을 가라앉히며 되물었다.

"그게 무슨 소리인가?"

"예를 들어, 코롬베나티에는 달의 눈물 같은 보물이 있다는 정보를 주는 것입니다."

달의 눈물은 대륙 5대 보석이라 불리는, 주먹만 한 블루 다이아몬드였다. 달의 눈물은 10년에 한 번 한 방울의 액체를 마치 눈물처럼 떨구었는데, 그것이 만병통치의 명약이라 소문나 있었다.

딱히 약이 필요한 드래곤은 아니지만, 그런 신비한 보물이라면 드래곤의 관심을 코롬베나티로 돌릴 수 있을지도 몰랐다.

"아니면, 로테르 왕국 대신 오미론이나, 리우타, 세티이 같은 배신자들의 왕국에게 드래곤의 요구를 전달할 수 있도록 부탁할 수도 있겠지요. 드래곤은 어떤 국가든 자신의 요구만 들어주면 될 테니까요."

"보물은 몰라도 드래곤이 인간의 일에 관심이나 있을까? 귀찮게 여기기만 하겠지."

"그러니 우리가 드래곤의 사자로서 드래곤의 귀찮음을 줄여주는 것입니다. 뭐가 필요하다 하면 그것만 가져오면 되지, 어떤 왕국으로부터 가져왔는지는 신경 쓰지 않을 테니까요."

"흠… 그래. 그럴듯하구만."

"부탁을 들어줄지 그러지 않을지는 확실하지 않지만, 어쩌면 우리는 드래곤이란 절대의 무기를 얻은 것일지도 모릅니다."

"역시 젊은이는 생각하는 것이 다르군."

원스 백작은 이렇게 드래곤을 이용할 수 있다는 생각은 꿈에도 하지 못했다. 새삼 타이커 남작의 젊음과 형식에 묶여 있지 않은 사고방식이 부러워졌다.

"아렉 남작님은 제 생각을 어떻게 보십니까?"

"모르겠소. 아시다시피 난 검밖에 모르는 바보라서 말이오."

"너무 겸손하십니다. 남작님의 나이에 달성한 경지는 보텔 공작님 이후 가장 빠른 것이지 않습니까?"

아렉 남작은 20대에 상급 그레듀에이트에 도달한 검의 달인이었다.

보통 귀족들은 검을 전문적으로 익히지 않았다. 귀족들의 역할은 정책의 결정이나 행정 업무, 그리고 전시에 군사적 전략 전술을 발안하는 것 등이었다.

다만 전통적으로 가문의 검술을 가지고 검으로 일어선 가문은 검을 연마했는데, 그런 가문의 출신 기사들은 일반 기사단이 아니라 근위대로 배치되었다. 과거 제국 시절에는 귀족 가문 출신의 기사들로 이루어진 기사단도 있었지만, 현재는 그 수가 너무 부족해 근위대 정원도 다 채우지 못했다.

"아무튼, 이렇게 된 이상 최대한 드래곤의 마음에 드는 것이 우리는 물론 왕국을 위해서도 좋을 것 같습니다.

"흠. 그렇게 되는 건가. 결국 자존심을 굽혀야 된다는 소리군."

"그렇습니다. 우리의 자존심을 굽혀 왕국을 구할 수 있다면 손해 보는 장사는 아니지 않습니까?"

원스 백작은 생각만 해도 치가 떨리는 드래곤의 부하가 되어 고개를 숙이는 것으로도 모자라, 드래곤의 환심을 사기 위해 노력해야 한다는 것이 무척 신경에 거슬렸다.

그때 그들 주변이 순간적으로 어두워졌다가 밝아졌다.

"드래곤은 도대체 얼마나 강력한 힘을 가진 것인가…….저렇게 거대한 비공정이라니… 저런 것을 드래곤도 아니고 사자란 자들이 타고 다니다니……."

고개를 들어 그들을 스쳐 지나가고 있는 강습 전투함을 보며 원스 백작이 탄식을 했다.

"마법의 힘이 대단하긴 하군요. 우리 왕국도 마법사들을 양성할 수만 있다면…… 그래! 결정했어!"

강습 전투함이 페이샬 산맥으로 사라지는 것을 멍하니 바라보던 타이커 남작이 뭔가 생각이 난 듯 소리를 쳤다.

"뭘 말인가?"

"드래곤의 신뢰를 얻고 처음으로 부탁할 것 말입니다. 마법을 가르쳐 달라고 해야겠습니다. 그래서 그것을 왕국에 전수할 수 있게요."

자신은 상상도 못할 말을 단호하게 내뱉는 타이커 남작이 황당하기는 했지만, 어느새 그의 긍정적인 생각에 전염이 되었는지 원스 백작도 웃으며 대꾸했다.

"하하. 좋아. 그럼 난 마법을 배울 나이는 지났으니, 다른 왕국 쪽으로 드래곤의 시선을 돌려보게 만들어야겠네."

"하하. 그러시지요."

그런 둘의 모습을 지켜보던 아렉 남작은 고개를 절레절레 저었다. 그는 도대체 그 둘의 말과 행동을 이해할 수 없었기 때문이었다.

이틀간의 행군으로 페이샬 산맥의 초입에 도착한 그들은, 행군을 멈추고 야영을 하고 있었다. 이제부터는 험한 산길을 열흘 정도 가야 했기에 충분한 휴식과 산맥을 넘기 위한 준비를 하기 위해서였다.

아무리 드래곤의 사자가 안전을 보장했다지만, 페이샬 산맥은 데컴 숲 다음가는 몬스터 서식지였다. 그래서 선두에 집중되어 있던 기사와 호위 병력도 다시 배치해야 했다.

그런 그들의 상공에는 그들을 지켜보는 눈이 있었다.

"열 감지기에 특이 반응은 없어."

"마나 감지기에도 이상없지?"

"그래. 반경 2㎞ 안에 감지되는 특이한 마나 반응은 없어."

"좋아. 그럼 움직이자."

그들은 애트란에서 야영지 주변을 관찰하던 위즈와 키아스였다.

그들의 이런 행동은 혹시 추격자나 첩자가 이 행렬에 따라붙었는지 알아보기 위한 것이었다.

다행히 그런 기미는 전혀 보이지 않았다. 아무래도 드래곤의 사자와 드래곤 레어의 일꾼이라는 위장이 제대로 먹힌 것 같았다.

처음부터 강습 전투함으로 이들을 이송하지 않은 것은 강습 전투함에 이만한 인원을 탑승시킬 수 있는 공간이 부족해서였다.

사람만 만 명이었다면 강습 전투함으로도 충분했겠지만, 위장을 위해 드래곤이 요구했던 물품이 많았다. 또한 레어 공사장에 보낼 보급품 등이 있었기에 강습 전투함으로는 턱없이 부족했던 것이다.

그래서 그들은 애트란으로 돌아가 애트란을 통째로 가져왔다. 애트란이라면 만 명이 아니라 이만 명도 탑승시킬 수 있었고, 물자도 충분히 실을 수 있었다.

그들이 굳이 애트란으로 이들을 이송하려는 이유는, 몬스터의 위협도 위협이었고, 무엇보다 시간을 절약하기 위해서였다. 괜히 열흘이란 시간을 허비할 필요가 없었다.

"응?"

긴 행군으로 지친 발을 주무르고 있던 한 청년이 갑자기 주위가 칠흑처럼 어두워지자 고개를 들어 하늘을 보았다. 지금까지 그를 은은히 비춰주던 달빛이 구름에라도 가렸는지 확인하기 위한 본능적인 행동이었다.

"어… 어… 어……."

하지만 그는 그 자세 그대로 몸이 굳고 말았다. 그 크기가 짐작도 되지 않는 거대한 물체가 하늘에서 내려오고 있었던 것이다.

그것을 본 것이 그 청년만이 아니었던 듯, 비슷한 반응이 야영지 여기저기서 터져 나왔다.

"무슨 소란이냐!"

그들의 반응은 천막 안에서 휴식을 취하고 있던 기사들을 밖으로 나오게 했다.

“저… 저게 뭐지?”

휴식을 방해받아 신경질적으로 소리를 치며 나온 기사들도 그 모습을 보고는, 다른 사람들과 비슷한 반응을 보일 수밖에 없었다.

“륜! 어서 백작님께 알려라. 그리고 나머지는 전투태세를 갖춰!”

“네!”

“무슨 일인가?”

“사이스님! 어서 나와보십시오.”

기사의 외침에도 불구하고 사이스는 천천히 천막 밖으로 나왔다. 그는 공주를 호위하던 바로 그 기사였다.

그는 당연하다는 듯이 테스트를 통과했고, 이 행렬과 귀족을 호위하는 책임자로 임명되었다. 그렇지 않아도 공주의 호위 임무에서 벗어나 자신의 실력을 높일 수 있는 기회를 기다리고 있던 그는, 흔쾌히 그것을 수락했다.

공주 또한 무뚝뚝하고 고지식한 그를 곁에 두지 않아도 된다는 생각에 호위기사의 변경을 환영했다.

“저건… 뭐지?”

하늘을 가득 메운 채 천천히 내려오고 있는 거대한 물체는, 왕국 기사단 서열 3위의 그도 당황하게 만들었다. 저런 거대한 것은 싸우고 자시고 할 상대가 아닌 것이다.

그렇다고 멍하니 있을 수만은 없었기에 빠르게 명령을 내렸다.

"E.G 계약자들은 E.G를 소환하고, 나머지는 백작님과 남작님들을 보호해라!"

호위대의 기사들 중에는 E.G 계약자가 다섯 명이 있었다. 근위대였다가 공주 호위를 맡았던 사이스도 물론 E.G 계약자였다.

저 거대한 물체에는 E.G의 스피어도 이쑤시개 격일 것 같았지만, 그들이 할 수 있는 일은 해야 했다.

그들이 막 E.G를 소환해 탑승하려 할 때 그 거대한 물체에서 목소리가 흘러나왔다.

"모두 겁먹지 말고 침착하십시오. E.G도 소환 해제하시고요."

애트란은 길이만 3,254m인 거대 전함이었기에 착륙하는 것이 마땅치 않았다. 그래서 위즈는 애트란을 공중에 띄운 채 스피커를 통해 말한 것이다.

"이것은 드래곤님이 여러분들을 안전하고 편안하게 데리고 오기 위해서 보내주신 것입니다. 그러니 두려워 마시고 지시에 따라주십시오."

위즈는 말을 마치고 애트란의 리프트들을 내렸다.

"자네, 이런 일을 들어보았나?

애트란에서 기다란 줄에 매달린 커다란 바구니 같은 것들 수십 개가 내려오는 것을 지켜보던 원스 백작이, 옆에서 입을 쩍 벌리고 있는 타이커 남작을 돌아보며 물었다.

"네?"

"드래곤이 요구한 물품들을 보냈을 때 이런 일이 있었다는 이야기를 들어보았느냐 이 말일세."

"처음 들어봅니다."

원스 백작의 물음에, 타이커 남작은 고개를 거칠게 흔들며 대답했다.

드래곤이 자신들의 안위와 편안함을 배려하다니, 도대체 말이 안 되는 일이었다. 아무리 자신들이 드래곤의 시지리 해도 말이다.

"이걸 곧이곧대로 믿어야겠나?"

"어쩌겠습니까? 저런 거대한 비공정… 비공정이란 말도 틀린 것 같지만…… 아무튼 저런 것을 만들 수 있는 것은 드래곤 말고는 없지 않습니까?"

"그건 그렇지."

그렇게 그들이 어떻게 해야 할지 고민하고 있을 때, 애트란에서 위즈의 목소리가 다시 한 번 나왔다.

"그렇습니다. 원스 백작님, 드래곤님이 아니라면 어떻게 이런 것을 만들겠습니까? 걱정하지 마시고 리프트에 올라타십시오."

원스는 깜짝 놀랐다. 자신의 이름을 불러서가 아니라, 자신과 타이커 남작의 대화를 모두 듣고 있다는 사실에 놀란 것이다.

"사이스님은 기사님들과 함께 혼란이 생기지 않도록 통솔해 주시고요."

"원스 백작님, 명령을 내려주십시오."

사이스는 언제든 소환해 놓은 E.G에 탑승할 수 있도록 준비를 하며 원스 백작에게 말했다. 그는 저 정체불명의 물체에서 나오는 목소리를 따를 생각이 전혀 없었다. 지금 그의 직속상관은 원스 백작이었기 때문이다.

"우선 저 말을 따르도록 하지. 우리를 해할 생각이었다면, 저것으로 그냥 깔아뭉갰을 테니."

"알겠습니다."

사이스는 명령이 내려지자 곧바로 기사들에게 명령을 전달했다. 그리고 호위병들을 통솔해 사람들을 리프트라는 이름의 바구니 같은 것에 올라타게 했다.

그렇게 리프트가 몇 번 오르내리자, 모든 사람과 물품들이 애트란으로 옮겨졌다.

"휴… 다리가 풀린다는 표현이 이럴 때 쓰이는 것이었군요."

타이커 남작이 아직까지도 후들거리는 다리를 붙잡은 채 말했다. 그만큼 리프트에 탄 것은 다시는 경험하고 싶지 않은 것이었다.

수십 미터 상공에서 바람에 조금씩 흔들리는 바구니라니…….

모르긴 몰라도, 그와 같은 생각을 가진 사람이 아주 많을 것이 분명했다.

"크흠. 뭘 이 정도 가지고."

말은 그렇게 했지만, 원스 백작도 부들부들 떨고 있는 다리는 어쩌지 못했다.

그들이 그렇게 엄살을 피우고 있을 때, 갑자기 허공에 커다란 위즈의 얼굴이 나타났다. 그들은 지금 애트란의 제5광장에 모여 있었는데, 그들에게 메시지를 전달하기 위해 홀리그램을 이용한 것이다.

"모두들 잘 오셨습니다."

웅성거리는 소리로 가득하던 광장은 그 신기한 광경에 조용해졌다.

"궁금한 것이 많겠지만, 질문은 다음에 받기로 하겠습니다. 우선은 여러분께 알려 드릴 사실이 있습니다."

위즈의 말에 모두 그의 얼굴을 쳐다보며 집중했다. 그들은 직감적으로 그들의 운명을 결정할 말이 이어질 것이란 것을 느낀 것이다.

"드래곤은 죽었습니다."

"뭐?"

"엑??"

"저… 저게 무슨 소리야?"

위즈의 말에 여기저기서 당황한 목소리들이 튀어나왔다.

"지금 드래곤 레어에서 기다리고 있는 것은 드래곤이 아니라, 여러분들을 부활한 로테르 제국의 정병으로 만들어줄 훈련입니다."

"잠깐! 당신의 말이 사실이라고 칩시다. 그러나 겨우 만 명을 훈련해 제국을 부활시킨다는 것이 말이 되오?"

지금 상황을 이해하지 못하고 있는 모든 사람을 대표해 원스 백작이 입을 열었다. 어찌 됐든 최고 책임자는 그였고, 누군가 질문을 해야 한다면 그가 해야 했다.

"두려워하지 마십시오. 드래곤을 죽인 힘이 여러분들과 함께합니다. 지금 타고 계신 전함도 앞으로 로테르 제국의 부활을 위해 쓰일 무기입니다. 또한 제국 부활의 계획은 이미 진행되고 있습니다. 그리고 처음 약속했던 월급도 그대로 지급될 것입니다."

하지만 위즈는 원스의 질문에 대답하지 않고 자기 할 말만 계속했다. 이 상태로 질문을 받아주었다가는, 큰 혼란이 일

것이 분명했기 때문이었다.

지금 당장 그들이 알아야 하는 것은, 드래곤이 죽었다는 것과 그들이 단순히 드래곤 레어의 건설을 위해 온 것이 아니라는 사실뿐이었다.

사람들은 위즈의 말에 자기도 모르게 주위를 둘러보며 자신들이 밟고 서 있는 이것이 무기가 될 수 있을까 생각했다. 그리고 그 거대한 덩치를 내려앉히는 것만으로도, 웬만한 성 하나는 부숴 버릴 수 있다는 것을 깨달았다.

"결코 여러분들을 죽음으로 내몰지 않을 것입니다. 반드시 승리할 수 있는 전투에만 여러분들이 참전하게 될 것이란 것을 약속드립니다."

사람들은 위즈의 말을 그대로 믿지 않았다. 전쟁이 벌어지면 죽기 가장 쉬운 것이 자신들과 같은 일반 병사라는 것을 잘 알고 있었다.

하지만 그냥 개죽음이 아니라 로테르 왕국이 제국으로 부활하기 위한 전쟁이라면, 기꺼이 참여할 준비가 되어 있었다.

거기다 쉽게 죽지 않도록 훈련도 시켜준다 하고, 반드시 이기지는 못하더라도 승리할 확률이 높은 전장에만 동원된다고 하니 그것도 나쁘지 않았다.

"자세한 것은 차차 알려 드리겠습니다. 우선은 편하게 휴식을 취하십시오. 여러분의 훈련장이 될 드래곤 레어에는 여덟 시간 후에 도착할 것입니다."

"뭔가 다른 진실이 숨어 있을지도 모른다고 생각하긴 했지만…… 드래곤이 죽었다는 건 정말 생각도 하지 못한 말이군요. 저 말이 사실일까요?"

위즈의 말이 이어지는 동안 생각을 정리한 타이커 남작이 원스 백작에게 의견을 구했다.

"나도 잘 모르겠네. 하지만 드래곤 레어에 도착해 보면 알겠지. 그곳 공사에 차출된 링스턴 남작의 얼굴을 알고 있으니까. 그리고 드워프도 공사에 참여하고 있다 했으니 드워프가 있는지도 확인하면 될 테고."

"음. 확실히, 그저 우리를 속이기 위해 드워프까지 동원해 드래곤 레어를 빙자한 훈련장을 만들지는 않았을 것 같습니다. 제 입으로 말하기는 그렇지만, 우리 왕국이 그런 능력을 가졌는지도 의심스럽고요."

"확실히 그렇지."

그들이 나름대로 위즈의 말을 확인할 방법을 논의하고 있을 때였다.

"원스 백작님과 두 분 남작님, 그리고 기사님들은 지금 바로 정면에 있는 문으로 들어와 주십시오."

위즈가 그들을 따로 불렀다.

"흠. 일단 가보지."

잠시 생각한 원스 백작이 두 남작과 기사들에게 말했다. 여기까지 온 이상, 죽이 되든 밥이 되든 앞으로 나아가야 했다.

원스 백작이 그렇게 결정하자 사이스는 두말없이 앞장섰다. 그리고 기사들은 대형을 이루어 혹시 모를 공격에 대비했다.

그들이 들어서자 문이 스르륵 닫혔다. 그리고 위즈의 목소리가 그들을 안내했다.

"그대로 통로를 따라 걸어오십시오."

그렇게 20분 정도 위즈의 안내에 따라 걸은 그들은 통로의 끝에 도달했다. 통로의 끝에서 그들을 맞이한 것은, 위용을 뽐내는 기가스였다.

"헉!"

"이건… E.G? 이렇게 큰 E.G는 들어본 적이 없는데?"

기가스를 마주한 그들은 놀라움에 입을 다물 수 없었다. 특히 기사들은 애트란을 봤을 때 느낀 것보다 더 큰 경악을 느끼고 있었다.

단순히 크기만 한 것이 아니었다. 완벽하게 균형이 잡힌 몸체를 가졌고, 파리도 미끄러질 듯 보이는 매끈한 장갑은 그들이 꿈꿔오던 E.G의 모습이었던 것이다.

"이것이 드래곤을 죽일 때 사용되었던 E.G입니다."

그들이 기가스의 위용에 넋을 잃고 바라보고 있을 때, 기가스의 옆에서 위즈가 나타났다.

위즈와 키아스는 이들에게 기가스를 보여주기 위해 일부러 강습 전투함에서 옮겨두었다. 그것은 로테르 제국이 부활할 수 있다는 확신을 심어주기 위한 한 가지 방편이었다.

어차피 이들은 전쟁이 벌어질 때까지 드래곤 레어에서 돌아갈 수 없었다. 그리고 기가스와 애트란은 전쟁에 활용하기로 결정했기에 이렇게 보여줘도 무방하다는 판단을 한 것이다.

"이 신형 E.G만으로도 보통의 E.G 100대는 동시에 상대할 수 있을 것입니다."

"100대?"

위즈의 호언장담은 그들의 상식으로 받아들일 수 없는 것이었다. 아무리 저 무기의 성능이 뛰어나다 하더라도 말이다.

거기다 일대일 대결을 연속으로 펼쳐 100번 싸워서 이긴다 해도 믿기 어려운데, 동시에 100대를 상대할 수 있다니? E.G 100대가 주위를 완전히 포위하고 스피어만 던져대도 그것을 막기란 불가능했다.

"도대체 어떻게 그렇게 확신하시오?"

"이것은 하늘을 날 수 있습니다. 그것도 그냥 떠 있기만 하는 것이 아니라, 아주 빠른 속도로 자유롭게 비행할 수 있습니다."

"뭐라고?"

도저히 믿기 어려워 던진 질문에 돌아온 답은, 더욱 믿기 어려운 것이었다.

"거짓말도 적당히 하시오! 이렇게 거대한 E.G가 자유롭게 비행을 한다니 그게 말이 된다 생각하시오?"

"그게 그렇게 놀라운 일인가요? 이 거대한 전함도 하늘을 나는데?"

"……."

위즈의 말에 그들은 모두 꿀먹은 벙어리가 된 것처럼 침묵했다. 웬만한 요새보다도 큰 전함이 날아다니는데, 이런 거인이라고 날지 못하라는 법은 없다고 생각한 것이다.

"비행이 가능하다는 이점이 전투에서 어떻게 작용할지는 굳이 설명하지 않겠습니다. 물론 장갑의 성능이나 출력도 기존의 E.G와는 비교가 되지 않습니다."

귀족과 기사들은 위즈의 설명을 들으며 비행이 가능한 E.G의 전투가 어떨지 저마다 상상해 보았지만, 상상이 잘되지 않았다. 다만 고지대를 점한 쪽이 어떤 전투에서든 유리함을 가진다는 것을 바탕으로, 많이 유리하겠다는 짐작만 할 뿐이었다.

"그리고 객관적으로 열세인 전력을 향상시키기 위한 계획도 가지고 있습니다. 그중에는 이것보다는 못하겠지만, 신형

E.G 개발 계획도 포함되어 있습니다."

갑자기 너무 많은 정보와 놀라운 사실들이 쏟아지자, 그들은 정신을 차릴 수가 없었다. 그때 원스 백작이 그런 그들을 대표해 입을 열었다.

"한 가지만 묻겠소."

"네. 말씀하시죠."

"이 모든 것을 국왕 폐하께서는 알고 계시오?"

"국왕 폐하는 물론, 보텔 공작님도 알고 계십니다. 이럴 때를 대비해 국왕 폐하께서 이것을 작성해 주셨습니다."

위즈는 아리스 국왕에게 받아온 문서를 내밀었다. 그것은 아리스 국왕의 친필로 작성된 편지였고, 서명과 함께 옥쇄까지 선명하게 찍혀 있었다.

편지의 내용은 위즈 일행은 드래곤의 사자가 아닌 페이샬 산맥 너머에서 온 은인들이고, 그들의 힘으로 제국을 부활시키려 하니 전심전력으로 그들의 뜻에 따르라는 것이었다.

"여러분을 이렇게 드래곤의 사자라고 위장하면서 모신 것은, 배신자와 첩자들의 눈을 피하기 위해서였습니다. 조금 불편하고 의심스러웠더라도 그것을 이해해 주셨으면 합니다."

"알겠소. 그럼 우리는 어떻게 하면 되오?"

아리스의 편지가 진본임을 확인한 원스 백작은 위즈에게 물었다. 그의 눈에는 이제 자신이 왜 드래곤 사자가 되었는지, 어떻게 제국을 부활시킬 것인지에 대한 의문은 없었다.

대신 제국 부활의 기치를 내걸 수 있다는 흥분만이 가득했
다.

"이틀간의 행군으로 피곤하실 테니 우선 휴식부터 취하십
시오. 그리고 가능하다면 함께 온 국민들이 안심할 수 있도록
보고, 들은 것을 알려주십시오."

위즈의 대답에 그들은 모두 국민들이 있는 곳으로 되돌아
갔고, 기가스 앞에는 위즈만이 남았다.

"휴. 한고비는 넘긴 것인가?"

위즈는 그들이 모두 사라지자 한숨을 푹 내쉬었다. 그가 보
기에 귀족들과 기사들은 지금까지의 일들을 모두 납득한 것
같았다. 이것으로 로테르 제국의 부활을 위한 첫걸음은 성공
적으로 내디뎌진 것이다.

"하지만 이제 시작이지."

위즈는 그렇게 다시 한 번 자신을 다잡고 애트란의 브릿지
로 발길을 돌렸다.

그의 말대로 모든 것은 이제 시작이었다.

CHAPTER 07
4국 연합

　프리모 대륙의 중심에는 강대국의 틈바구니에서 살아남기 위해 네 개의 왕국이 공생하고 있었다. 그 공생체를 4국 연합이라 불렀는데, 그것은 대륙의 어떤 변화에도 살아남아 천 년이란 세월 동안 유지되고 있었다.

　그들이 긴 세월 동안 그 관계를 유지할 수 있었던 것은 관계를 유지하기 위해 뼈를 깎는 노력을 했다기보다, 대륙 정세와 주변국들의 필요에 의해서 어쩔 수 없이 그렇게 됐다고 보는 것이 옳았다.

　그들만이 대륙 공용 화폐를 주조할 수 있었고, 상대하기 껄끄러운 왕국과의 무역을 대행했기 때문이었다.

4국 연합은 특별한 일이 없다면 5년에 한 번씩 각 왕국을 돌며 정기적으로 모임을 가졌다. 공용 화폐의 추가 주조 여부와 대륙 정세 등을 논의하며 화합의 장을 가지는 것이었다.

하지만 한 꺼풀 벗겨보면 5년간 찾아낸 트집거리들을 꺼내어 조금이라도 연합에서 우위를 차지하기 위한, 치열한 눈치 싸움의 장이었다.

오늘은 그런 4국 회담이 열리는 날이었다. 이번 회담은 프레스티 왕국과 국경을 맞대고 있는 로데온 왕국의 수도에서 열렸다.

회담 개최국으로서 가장 먼저 회담장에 나와 있는 이는 로데온 왕국의 후작이자 외무대신인 네이젠 커니스였다.

회담장에서 다른 왕국의 사신들을 맞이하기 위해 기다리고 있는 그의 얼굴에는 초조함과 흥분, 걱정 등의 몇 가지 감정이 오가고 있었다.

판도라 상자를 껴안고 있다면 느낄 수 있을 만한 복잡한 감정이 얽혀 있는 것이다.

그의 판도라 상자는 오늘 이 자리에서 열려야 했다. 그것은 국왕과 귀족들이 고뇌에 고뇌를 거쳐 나온 결정이었기에 이제는 되돌릴 방법이 없었다.

물론 그것이 열렸을 때를 대비한 방책을 마련해 두었지만, 혹시나 일이 잘못된다면 아니, 계획대로 흘러간다 하더라도 어떤 결과를 낳을지 그는 너무 불안했다.

그렇게 네이젠 후작이 불안해하고 있을 때 회담장으로 세 명의 사신이 들어섰고, 그는 거짓말처럼 얼굴에 미소를 띠며 그들을 환영했다.

"어서 오십시오. 먼 길 오느라 고생하셨습니다."

"하하, 4국의 연합의 견고함을 확인하는 길이니 아무리 멀더라도 고생이랄 수 있겠습니까?"

"오랜만입니다, 네이젠 후작님."

"처음 뵙겠습니다. 새로 외무대신으로 임명된 카눔 왕국의 애틀 제네츠 백작입니다."

"아~ 젊은 나이에 외무대신이 된 대단히 능력있는 사람이 있다더니 그분이 바로 애틀 백작님이셨군요. 반갑습니다."

"과찬이십니다. 오늘은 외교를 배우는 자세로 왔습니다."

애틀 백작은 고개를 숙이며 대답했지만, 그의 눈빛에는 자신감과 날카로움이 있었다.

"하하. 겸손함까지 갖추셨군요."

네이젠 후작은 웃는 눈으로 애틀 백작을 추켜세웠지만, 속으로는 바짝 긴장했다. 오늘의 회담은 보통 때처럼 형식적인 논의를 하고, 파티를 즐기다 마치면 되는 회담이 아니었다.

그에게는 반드시 4국 연합의 합의를 이끌어내야 하는 중요한 임무가 있다. 그런데 하필 오늘 같이 중요한 임무가 있을 때, 친분이 전혀 없는 젊은 백작이 외무대신으로 온 것이다.
그것은 그의 불안함을 더 크게 만들었다.

"그런데 얼굴이 수척해지셨습니다. 왕국에 무슨 걱정거리라도 있습니까?"

네이젠 후작의 웃음과 얼굴 표정에서 무언가를 발견한 듯, 에리다니의 외무대신, 타니온 세르다임 후작이 슬쩍 물었다.

눈치로 살아남은 4국 연합의 외무대신답게 네이젠 후작의 낌새가 평소와 다름을 알아챈 것이었다.

"신도시 건설이 난항을 겪고 있다더니, 그것 때문에 그렇습니까?"

데나이 왕국 외무대신 튠 매지안 백작이 이해한다는 듯이 고개를 끄덕이며 말을 받았다.

"그런 것도 있습니다."

네이젠 후작은 그렇게 대답하며 외무대신들의 눈치를 살폈다. 그리고 뭔가 낌새를 챈 것은 아니라는 판단을 했다. 아직까지는 철저하게 보안이 이루어지고 있는 사안이기 때문이었다.

이제 곧 그 보안이 깨질 것이란 게 문제였지만 말이다.

"사실 오늘 회담에서는 그 주제를 이야기했으면 합니다."

"로데온 왕국의 도시 건설을 회담에서요?"

이 중에서 가장 성격이 급한 튠 백작이 되물었다.

하지만 타니온 후작과 애틀 백작은, 로데온 왕국이 뭔가 큰 건수를 회담에 들고 왔다는 것을 깨달았다. 도시 건설 정도는 회담의 주제가 되지 못함을 그들은 알고 있었다.

"일단 안으로 드시지요."

이렇게 서서 할 이야기는 아니었기에 네이젠 후작은 그들을 회담장 안에 특별히 마련된, 기사들과 마법으로 보안이 지켜지고 있는 밀실로 안내했다.

보통 때의 회담과는 분위기가 사뭇 다른 밀실에 자리를 잡으며 각국의 외무대신들은 긴장을 끌어올렸다. 여느 때처럼 거하게 접대를 받으며 휴식을 즐기려던 마음을 고쳐먹은 것이다.

한편으로는, 도대체 무슨 일이기에 이렇게까지 조심을 하는지 궁금증이 일기도 했다.

네이젠 후작은 모두 자리에 앉자 곧바로 그의 판도라 상자를 열었다.

어차피 해야 되는 일이었다. 시간을 끌 필요도, 돌려 말할 필요도 없었다.

"사실 저희 왕국은 도시 건설을 위한 기초 공사를 하다가 드래곤 하트를 발견했습니다."

"뭐라고요?"

"그게 무슨 소립니까?"

“사실입니까?”

네이젠 후작의 말에 각국 외무대신들은 저마다 놀라움을 표현했다.

각자 표현은 달랐지만 그것은 모두 같은 의미를 가지고 있었다. 드래곤 하트가 도시 공사를 하다 발견됐다는 표면적인 놀라움을 드러내어, 드래곤 하트를 발견한 사실을 밝히는 이유에 대한 의문을 숨기기 위한 것이었다.

네이젠 후작은 그들의 놀라움과 의구심을 뒤로하고 설명을 이어갔다.

“아시다시피, 우리 로데온 왕국은 1년 전 신도시를 건설하기 위한 대공사를 시작했습니다. 그런데 기초 공사를 위해 숲을 깎고 땅을 파내던 중 이 드래곤 하트가 발견된 것입니다.”

“지금 땅을 팠는데 드래곤 하트가 나왔다는 말을 믿으라는 것입니까?”

물론 네이젠 후작의 말은 거짓이었다. 사실은 드래곤 하트가 아닌 아도지스 아펠의 숨겨져 있던 비밀 던전을 발견한 것이다.

아도지스 아펠의 던전은 어마어마한 가치가 있었다. 그가 남긴 마법서나 연구 자료들은 물론, 몇몇 아티펙트들은 가치를 매기기조차 어려운 것이었다. 거기다 그의 마법을 연구한다면 어쩌면 화폐 주조에 관한 마법도 자신들이 독점할 수도 있었다.

따라서 아도지스 아펠의 던전이 발견되었다는 사실은 반드시 숨겨야 했다.

"그것이 사실이니 그렇게 말씀드리는 겁니다. 저희도 많이 당황했습니다. 땅속에서 드래곤 하트가 발견됐으니까요."

네이젠 후작은 침착하게 대응했다. 어차피 판도라의 상자는 열렸고, 이제는 그것이 왕국에 가장 유리하도록 수습해야 했다. 그것은 온전히 그의 몫이었다.

"좋습니다. 일단 믿어드리죠."

"그런데 왜 드래곤 하트를 회담의 주제로 하자는 것입니까?"

드래곤 하트는 어마어마한 가치를 가진 것이었다. 따라서 존재를 숨겼으면 숨겼지, 이렇게 회담장에서 밝힐 만한 성질의 것은 아니었다.

"그것을 팔아서 4등분하자는 것은 아닐 테고……."

외교로 닳고 닳은 그들은 그런 순진한 생각을 하지 않았다. 분명 무언가, 이렇게 드래곤 하트를 공개할 수밖에 없는 이유가 있다고 생각했다.

"사실은, 그것이… 처음 보는 드래곤 하트입니다."

"처음 본다라……."

"저도 연륜이 안 돼 드래곤 하트를 본 적이 없습니다

만……. 그런 의미는 아니겠지요?"

애틀 백작이 드래곤 하트를 공개하는 이유가 이것이라 여기며 물었다.

"그렇습니다. 저희 왕국이 각종 문헌을 조사해 보았지만, 이 드래곤 하트가 어떤 종류의 드래곤 하트인지 전혀 알 수가 없었습니다."

"흠. 드래곤의 것이 아닌 드래곤 하트라…… 좀 더 자세히 말씀해 주시죠."

네이젠 후작의 짧은 설명으로는 이해가 가지 않자 애틀 백작이 요구했다. 어느새 대화는 네이젠 후작과 애틀 백작 주도로 이루어지고 있었다.

타니온 후작이나 튠 백작은 한 번씩 슬그머니 의문을 표출하는 정도만 하고 있었는데, 의문이 없어서라기보다는 외교의 요령이었다. 적극적으로 나서지 않고 의문을 해결하고, 정보를 얻는 그런 요령 말이다.

"그 드래곤 하트는 검은색입니다."

"검은색?"

"검은색 속성의 마나가 있나? 아!"

"그렇습니다. 마치 마스터가 쓰는 퓨어 오러처럼 시커먼 마나가 엄청나게 집약되어 있는 드래곤 하트입니다."

"대륙에 퓨어 드래곤이나 블랙 드래곤 같은 것이 있다는 소리는 들어본 적이 없는데…….”

“흠.”

네이젠 후작의 말에 모두들 각자 생각에 잠겼다.

드래곤은 각 속성의 마나를 대표하는 생명체였다. 따라서 드래곤 하트도 각 속성의 마나만을 가득 품었는데, 검은색의 마나는 그들이 알기로는 마스터가 쓰는 퓨어 오러에서밖에 나타나지 않는 것이었다.

그렇게 생각에 잠겨 있는 그들에게, 네이젠 후작이 그들의 머릿속을 뒤흔드는 사실을 밝혔다.

“더 특이한 것은, 그것이 자아를 가지고 있다는 것입니다. 그것도 인간에 대한 극도의 분노를 가진 자아를 말입니다.”

“…….”

한참을 멍하니 얼이 빠져 있던 그들은 간신히 정신을 차리고 저마다 충격적인 소식을 접했을 때의 감상을 나타냈다.

“오늘 희한한 소리를 자꾸 듣게 되는군요.”

“드래곤 하트가 자아를 가졌다라…….”

“흠. 그것참 특이하군.”

드래곤 하트는 자아가 없었다. 드래곤의 마나의 근원일 뿐인 드래곤 하트에 자아가 있을 리가 없었다.

“저희도 마법사들을 통해 정체를 알아보려 노력했지만 허사였습니다. 한 가지 다행스러운 것은 자아와 함께 어마어마한 마나, 그리고 인간에 대한 분노를 가졌지만, 직접적인 물리력이나 마법을 사용하지는 못한다는 것입니다.”

그 드래곤 하트는 아도지스 아펠이 우연찮게 구한 웜급 화이트 드래곤의 드래곤 하트를, 혼합 마법에 맞게 여러 속성의 마나를 받아들이고 내뿜을 수 있게 변형시키다 실패한 것이었다.

여러 가지 속성의 마나를 드래곤 하트에 억지로 집어넣는 실험 도중에 드래곤 하트는 어마어마한 무 속성의 마나를 얻었다. 그 마나를 컨트롤하기 위해 의지를 가진 아티펙트를 만들 때 사용하는 마법으로 드래곤 하트에 의지를 심으려다가 자아를 가지게 된 것이었다.

하지만 자아가 너무 강해 아도지스 아펠의 명령을 거부했고, 결국 아펠에 의해 봉인을 당했다. 그래서 마법이나 물리력을 행사하지는 못하게 된 것이다.

그렇게 아도지스 아펠에게 온갖 실험과 봉인을 당하면서 그를 향해 시작된 분노가, 천 년의 세월 동안 인간 전체에 대한 분노로 발전한 것이었다.

그래서 로데온 왕국은 드래곤 하트를 발견했지만, 그 분노와 자아 때문에 드래곤 하트를 활용할 방법도 찾지 못하고 있었다.

“그래서 그것의 정체를 밝히는 것을 도와 달라는 것입니까?”

“아닙니다. 우리에게 드래곤 하트가 있다는 것이 밝혀진다면 주변 왕국이 가만있지 않을 것입니다. 특히 코롬베나티 제국은 말입니다.”

“그렇다고 그냥 코롬베나티 제국에 넘길 수도 없지 않습니까?”

“그래서 그것에 대해 논의를 했으면 합니다.”

이것이 드래곤 하트를 공개하게 된 이유였다.

이 변종 드래곤 하트는 그 어마어마한 마나를 쉴 새 없이 뿜어댔는데, 왕국의 모든 마법사가 달려들어도 그것을 감추는 것이 점점 힘에 부쳐왔다. 딘순히 마나의 양만 많은 것이 아니라 퓨어 오러와 같은 무 속성의 마나라는 특성 때문이었다.

중립국의 특성상 국경의 통과가 쉬웠고, 그로 인해 4국 연합은 각 왕국 첩자들의 각축전의 장이 된 지 오래였다.

따라서 한순간이라도 드래곤 하트의 마나를 감추는 데 실패한다면 막대한 마나가 한곳에 집중되어 있는 것을 첩자들이 놓칠 리가 없었고, 다른 왕국의 귀에 들어가는 것은 시간 문제였다.

그럴 바에야, 그래도 믿을 수 있는 4국 연합에 미리 공개하고 대책을 의논하기 위해 이렇게 의제를 꺼낸 것이었다.

"잠깐. 왜 코롬베나티 제국에 넘기면 안 된단 말이오? 나는 오히려 코롬베나티 제국에 줘야 한다고 생각하고 있소만?"

"그렇습니다. 어떤 문헌이나 연구에서 볼 수 없는 특이한 드래곤 하트는, 그들의 호의를 이끌어 내는데 아주 적합할 것입니다."

그런데 타니온 후작과 튠 백작은 그들의 의견에 반대해 코롬베나티에 드래곤 하트를 넘겨야 한다고 주장했다.

대륙에서 가장 마법이 발달한 코롬베나티 제국은, 마법적 희귀 물품에 큰 관심을 가지고 있었다.

이런 드래곤 하트라면 코롬베나티의 마법사들 대다수가 연구에 몰두하게 만들 수 있을 것이고, 그로 인해 그들이 언제나 가지고 있는 전쟁 욕망을 연구에 대한 것으로 대체시킬 수 있을 것이라 생각한 것이다.

"그러나 다른 왕국들과의 형평성 문제가 있지 않습니까?"

둘의 말에 애틀 백작이 그렇게 해서는 안 되는 이유를 짚었다.

그들은 중립국이었다. 그 위치를 고수하기 위해 얼마나 많은 시간과 노력을 들였는지, 그들의 역사에 잘 나타나 있었다. 따라서 지금의 국제 관계를 무너뜨릴 수 있는 일은 아무래도 피하고 싶었다.

아무리 변종 드래곤 하트라도 드래곤 하트는 드래곤 하트였고, 그것을 코름베나티 제국에게 파는 형식으로 넘긴다면 다른 왕국들은 자신들에게 기회를 주지 않은 것에 대해 불만을 가질 것이 불 보듯 뻔했기 때문이다.

"흥, 지금 상황에서 코름베나티 제국만 아니라면 그 어떤 왕국이 우리 4국 연합에 불만을 표현하겠소?"

하지만 튠 백작은 자신만만했다.

그도 그럴 것이, 팔레이트 제국은 너무 멀리 있었고, 침략 전쟁이나 4국 연합에 대한 견제에도 관심이 없는 국가였기 때문에 고려 대상이 아니었다.

거기다 최대 위협이었던 로테르 제국은 몰락해 갈가리 찢겨졌고, 프레스티는 그들의 자금력에 밀려 E.G 전력이 상대도 되지 않았다. 다른 왕국들은 혼자서는 4국 연합과 전쟁을 치를 능력은 없었다. 그가 자신만만해할 만한 것이다.

"지금의 평화는 작은 균열로도 무너질 수 있다는 것을 명심하십시오. 특히 각 왕국이 무역 제재라도 실시하게 되면, 걷잡을 수 없이 일이 커집니다."

그런 튠 백작을 향해 애틀 백작이 경고했다.

가능성은 낮지만, 다른 여러 왕국의 동시다발적인 도발이 있을 수 있었다.

4국 연합은 여덟 개 국가에 둘러싸인 지정학적 특성을 가지고 있는 연합체였기에, 어떤 계기로 여덟 개 왕국이 연합한다면 4국 연합은 존망의 위기에 몰릴 수도 있었다.

하지만 그것은 현실적으로 가능성이 매우 낮았고, 실제로 애틀 백작이나 네이젠 후작이 걱정하는 것은 따로 있었다.

그것은 바로 무역 제재였다.

4국 연합은 중계 무역으로 부를 축적했고, 대부분의 국가 역량이 거기에 몰려 있었다. 따라서 관세를 높이거나 4국 연합 상인들에 대한 제재가 이루어진다면, 4국 연합은 큰 타격을 입을 수밖에 없었다.

대부분의 왕국들이 중계무역으로 부를 축적한 4국 연합에 불만을 가지고 있었고, 특히 베롬과 인디실론 두 왕국은 건수만 주어진다면 그럴 수 있는 충분한 힘이 있었다.

아직까지는 그들 왕국이 동시에 움직일 수 있는 일이 없어서 그저 지켜보고만 있었으나, 이번 일은 그들에게 아주 좋은 건수가 될 것이 분명했다.

"흠……."

"드래곤 하트가 귀중한 것이긴 하지만…… 그렇게까지야……."

애틀 백작의 말이 일리가 있었기에 조금 전과 같은 자신감은 사라져 있었다.

"그래서 저희 왕국이 한 가지 대책을 세웠는데, 그것에 도움을 주셨으면 합니다."

그때 네이젠 후작이 준비한 말을 꺼내기 시작했다.

"어떤 대책입니까?"

"대륙 최강자를 결정짓는 대회를 개최하는 것입니다."

"대회?"

"그렇습니다. 그리고 우승자에게 부상으로 드래곤 하트를 주는 것입니다."

"그렇게 한다면 오히려 코롬베나티 제국의 심기를 건드리는 것이 아닙니까?"

네이젠 후작이 꺼낸 대책에 애틀 백작이 미간을 찡그렸다.

그의 말대로 대륙 최강자를 결정하는 대회를 개최하는 섯은 코롬베나티 제국의 신경을 긁는 일이었다. 코롬베나티는 마법이 발달한 제국이었고, 상대적으로 기사 전력이 약했기 때문이다.

보통 대회를 개최하면 대부분 일대일 정면 대결로 승부를 가렸다. 이런 룰에서 마법사는 같은 수준의 기사를 이길 수가 없다는 것이 증명된 지 오래였다.

시야에 있어야 효과가 있는 타깃팅 마법이 기사의 빠른 몸놀림 때문에 쓸모없어져, 대인 마법을 적중시킬 수 없었다. 또 타깃팅이 필요없는 대규모 범위 마법은 서클 어레인지에 시간이 걸렸기 때문에 기사와의 일대일 대결에서 쓴다는 것은 불가능했다.

기사와의 대결에서는 찰나의 순간에 목숨이 오가는데, 서클 어레인지에 시간이 걸리는 그런 마법을 쓴다는 것은 죽여 달라는 것과 다름없었다.

물론 실드 마법을 먼저 펼치고 서클 어레인지를 할 수도 있겠지만 실드는 오러가 실린 검을 몇 번씩 막아내지 못했을 뿐만 아니라, 실드를 두드리는 기사를 앞에 두고 온전히 서클 어레인지를 마칠 수 있는 강심장을 가진 마법사도 거의 없었다.

"드래곤 하트라는 사상 초유의 우승 상품이 걸려 있는데, 흔해 빠진 대회를 개최할 수는 없지요."

네이젠 후작도 그 사실을 잘 알고 있었다. 그래서 다른 복안을 마련해 놓은 상태였다.

"그 말씀은?"

"대륙 최초로 E.G 대회를 여는 것입니다."

"E.G 대회?"

"그렇습니다. 그렇다면 가장 우승 확률이 높은 국가는 코롬베나티 제국이겠지요."

"확실히 그건 그렇군."

네이젠 후작의 말에 타니온 후작이 고개를 끄덕였다.

E.G라는 병기를 처음으로 개발한 국가가 코롬베나티 제국

이었다. 그것은 약세인 기사 전력을 극복하기 위함이었는데, 이제는 국가 전력의 핵심이 된 상태였다. 따라서 코롬베나티 제국의 E.G 성능은 다른 E.G 개발국들의 E.G를 항상 압도했다.

다만 E.G와 계약하는 기사의 수준이 다른 왕국들에 뒤쳐졌는데, 최근에 개발이 완료된 E.G는 그런 기사의 역량 차이를 뛰어넘는다는 소문이 돌고 있었다.

"그런데… 그저 드래곤 하트를 코롬베나티 제국에 보기 좋게 넘기기 위해 너무 크게 일을 벌이는 것 아니오?"

튠 백작은 그래도 뭔가 못마땅한지 부정적인 태도를 유지했다.

"딘지 그것만이 아닙니다. 우리는 이 대회를 통해 최소 두 가지 이득을 볼 수 있습니다."

"관광 수입은 적지 않을 것으로 예상이 되고, 나머지 한 가지는 무엇입니까?"

그에 반해 애틀 백작은 적극적으로 네이젠의 의견에 동조했다. E.G 대회까지 생각해 놓았다면 그것으로 얻을 수 있는 이익에 대한 계산도 모두 마쳤을 것이라 생각한 것이다.

그런 애틀 백작에게 네이젠은 살짝 고개를 숙이는 것으로 고마움을 표시하고 말을 이어갔다.

"애틀 백작께서 언급한 대로, 일차적으로는 관광 수입을 얻을 수 있습니다."

대륙 최초의 E.G 대회는 많은 관광객을 불러올 것이 당연했다. 기사가 아닌 이상 E.G를 보는 것은 쉬운 일이 아니었고, 전쟁이 났을 때 전투에 참여하지 않는다면 E.G의 대결을 보는 것은 불가능했다.

따라서 대륙 각지에서 E.G의 대결을 보기 위해 수많은 사람들이 몰려올 것이고, 그것으로 얻을 수 있는 4국 연합의 수익은 가늠하기도 어려울 정도였다.

"두 번째 이득은, 국제 정세의 안정화와 각 국가의 전력 파악입니다. 지난 30여 년간 대륙은 겉으로는 평화로웠지만, 속으로는 엄청난 군비 경쟁을 통해 막강한 무력이 쌓여 있습니다. 이렇게 쌓인 무력은 지금 분출될 때만을 기다리고 있습니다. 따라서 그러기 전에 이 대회를 통해 미리 분출구를 만들어준다면 대륙 정세에 안정을 꾀할 수 있고, 그것은 궁극적으로 우리 4국 연합의 발전에 기여할 것입니다."

로테르 제국이 드래곤에 의해 몰락한 이후 각 왕국은 그들의 군사력을 키워왔다. 로테르 제국이 4개의 왕국으로 분열된 후 서로가 서로를 믿지 못해 군비 경쟁을 했고, 그런 왕국들에 자극을 받아 대륙 각 왕국들도 그 경쟁에 참여했기 때문이었다.

이렇게 30여 년간 축적된 군사력은 어느 방향으로든 터져 나가려 하고 있었다. 자신이 가진 능력을 사용하고 싶어지는 것은 당연한 일이었다. 특히 그것을 집중적으로 연마했을 때는 더욱더 말이다. 그것은 국가여도 마찬가지였다.

이럴 때 군사력의 핵심이라 할 수 있는 E.G와 그 계약자들의 실력을 겨룰 수 있는 대회가 열린다면, 그 욕망을 해소할 수 있을 것이다.

따라서 이 E.G 대회는 E.G의 성능이 우수한 코롬베나티 제국에게는 자신들의 신형 E.G와 기사들의 역량을 테스트해 볼 수 있는 좋은 기회이고, 다른 왕국들에게도 자신들의 E.G 전력을 확인할 수 있는 기회가 될 것이 분명했다.

그렇게 서로의 전력을 확인한다면 굳이 전쟁을 하지 않아도 서로의 힘을 알게 되고, 힘이 강한 쪽은 굳이 군사력을 행사하지 않고도 다른 왕국에게 특정한 것을 요구할 수 있을지도 몰랐다.

그렇게 전쟁이 억제된다면 무역으로 먹고사는 4국 연합에게도 큰 이익이 되는 것이다.

"음. 다 좋소. 그런데 한 가지 의문이 있소."

타니온 후작이 네이젠 후작의 설명이 끝나자 의문을 제기했다.

"말씀하시지요."

"이렇게 이득이 많은 대회라면, 귀국만으로도 충분히 개최할 수도 있지 않소?"

그랬다.

대회가 성공적이라면, 막대한 부는 물론이고 대륙에서의 지위도 높아질 수 있다. 어쩌면 정기적으로 이 대회를 개최할 수 있게 될지도 몰랐고, 그렇다면 최초 개최국으로서 영향력을 발휘할 수 있을 것이다.

그런데 그 모든 것을 포기하고 이 자리에서 공개하는 것은 분명 다른 이유가 있기 때문이라고 생각되었다.

"아닙니다. 만약을 대비해 4개 국가의 국경이 모두 맞닿은 곳에 대회장을 만들려고 합니다. 그리고 일이 잘 풀린다면 막대한 이득이 날 텐데 그것을 독식할 수는 없지요. 우리는 천 년을 이어온 4국 연합 아닙니까."

"하하. 그건 그렇소."

"그렇지요!"

"옳은 말씀이십니다."

네이젠 후작의 말에 모든 외무대신들은 웃으며 동의했다. 그렇게 모두 겉으로는 웃고 있었지만, 속마음은 달랐다.

각국의 E.G가 참여한 대회에서 혹시나 사고가 발생한다면 그것은 곧바로 전쟁의 빌미가 될 수 있었다. 만약 그런 일이 일어난다면 로데온 왕국 혼자서는 감당할 수가 없을 것이다. 4국 연합의 이름으로 중재가 필요하고, 그것을 위해 다른 왕국들을 끌어들여 대회를 개최하고자 한 것이었다.

외교에서 잔뼈가 굵은 타니온 후작과 튠 백작은 물론, 이제 막 외무대신이 된 애틀 백작도 네이젠 후작의 4개 국가의 국경이 모두 맞닿는 장소라는 말을 듣자마자 그 사실을 알 수 있었다.

하지만 로데온 왕국이 다른 불순한 목적이 있는 것 같지는 않았고, 아무리 생각해도 크게 손해날 것은 없었기에 우선 동의했다.

그리고 혹시나 4국 연합의 이름으로도 중재가 불가능한 일이 발생한다면, 그때는 로데온 왕국의 잘못으로 몰아가면 되었다.

네이젠 후작을 제외한 세 명의 외무대신은 서로 눈짓을 주고받으며 그런 서로의 생각을 확인했다.

그리고 네이젠 후작은 그들의 눈짓을 알아챘지만, 모르는 척했다. 이 정도는 예상했던 일이었다. 오히려 큰 반대 없이 결론이 나서 안도하고 있는 그였다. 임무를 성공적으로 완수한 것이다.

하지만 아직도 그의 마음을 불안하게 하는 것이 있었다. 혹시라도 코롬베나티 제국에서 우승자가 나오지 못해 일이 복

잡해질까 하는 것과 마나와 자아를 가진, 인간에 대한 분노가
가득한 드래곤 하트가 코롬베나티 제국으로 간다면 어떤 일
이 벌어질지 모른다는 것이었다.

CHAPTER 08
RE—I

2년 후, 구디의 드래곤 레어.

"천천히! 절대로 테스릴이 긁히면 안 돼!"

"하나, 둘! 하나, 둘!"

휴마벨이 공중에 매달린 어른 몸통만 한 커다란 공을 올려다보며 소리쳤다. 그 공은 겉면에 테스릴로 된 복잡하고 기괴한 문양들이 새겨져 있었고, 쇠사슬로 연결된 받침대 같은 것에 올려져 천천히 내려지고 있었다.

"조심! 조심!"

모르는 사람이 봤다면, 무슨 신줏단지인 것처럼 끝없이 조심을 외치는 휴마벨을 보며 코웃음을 칠 수도 있었다. 하지만 지금 드래곤 레어에 모여 있는 사람은 저것이 얼마나 많은 공이 들어간 것인지, 휴마벨이 왜 저렇게 긴장해 조심을 외치는지 알고 있었다.

그것은 바로, 신형 E.G의 심장이었다.

마나 스톤 위에 테스릴을 녹여 마법진을 새기고, 접합부를 테스릴 처리되어 있는 보호 장갑으로 감쌌기에 저렇게 큰 원형의 형태를 띠게 된 것이었다.

지금 그들은 지난 2년간 연구해 완성시킨 E.G의 심장을 E.G 몸체에 장착시키는 작업 중이었다.

"좋아! 이제 천천히 E.G 가슴 쪽으로 밀어!"

휴마벨이 소리치자 E.G의 심장은 천천히 E.G의 몸체로 다가갔다. 그리고 마침내 심장이 있어야 하는 자리에 안착했다.

"좋아. 이제 심장을 고정한다. 심장의 마법진과 몸체의 마법진을 연결하는 마무리 작업은 내가 직접 할 테니 고정 작업을 서둘러!"

"작업은 잘되어갑니까?"

고함을 치며 사람들과 드워프들을 독려하고 있는 휴마벨의 뒤에서 누군가가 물어왔다.

"어? 자네 언제 왔나?"

"마무리 작업이 진행된다고 해서 부랴부랴 왔습니다."

그는 부스스한 모습의 위즈였다. 애트란에서 아직 못다 한 연구를 하다 E.G가 완성되어 간다는 소식을 듣고 온 것이었다.

"이제 심장이 고정되면 마무리 작업만 마치면 되네. 그것은 내가 직접 할 테니, 이제 30분이면 완성되는군."

"드디어 우리의 노력이 결실을 맺는군요."

기존의 E.G보다 2m는 더 높은 키를 가져 비교적 날씬해 보이는 거인을 바라보며, 위즈가 감격에 잠겨 말했다.

지난 2년간 로테르 왕국에서 가장 바빴던 사람은 위즈와 휴마벨이었다. 열세인 전력을 보완하기 위해서는 뛰어난 무기의 확보가 가장 중요했기 때문이다.

그래서 그들은 몇 가지 무기를 설계하고 제작했는데, 그 핵심은 뭐니 뭐니 해도 E.G였다.

대륙 결전 병기인 E.G의 개발은 무엇보다 우선되어야 했고, 다른 무기를 개발하기 위해서도 마법에 대한 연구가 필요했다.

그래서 위즈는 미기를 이용해 퓨텔과 구디의 레어에서 구한 마법서와 로테르 왕국이 가지고 있던 E.G 제작에 사용된 마법진을 비교 분석했다. 그리고 로테르 왕국의 마법진이 얼마나 형편없는 것인지 알게 되었다.

결국 그는 아예 새로운 마법진 연구에 들어갔다.

비록 위즈가 마법을 사용할 수는 없다지만, 드래곤 레어에서 얻은 마법 자료와 로테르 제국이 가지고 있던 E.G 제작기술, 그리고 미기의 도움으로 새로운 마법진을 개발할 수 있었던 것이다.

원래 마법진은 특정 마법사가 아니면 그릴 수가 없었다. 마법진의 도용을 막기 위해 그 속에 자신들만이 알 수 있는 룬이나 표식을 포함시키기 때문이었다. 그것은 무작정 똑같이 그린다고 되는 성질의 것이 아니었다.

하지만 위즈는 그 제약을 모두 없애 버렸다. 무기를 대량생산하기 위해서는 그런 제약이 있어서는 곤란했기 때문이었다. 위즈의 노력으로 인해 제약이 없는 마법진들이 완성되었고, 그런 마법진을 정교하게 새기는 것은 드워프의 실력으로 충분했다.

그렇게 연구와 실험을 거듭한 끝에 E.G의 심장은 마나 스톤의 마나를 최대한 활용할 수 있게 되었고, 마나 증폭 마법진을 비롯한 각종 마법진들의 효율을 획기적으로 높일 수 있었다.

지금 드워프들이 고정 작업을 하고 있는 심장은 세 번째 프로토 타입이었다.

그리고 위즈와 휴마벨은 E.G의 심장뿐만이 아니라 기존 E.G의 단점들을 하나씩 보완해 갔다.

　심장 다음으로 중요한 것은 E.G의 장갑이었다. E.G의 무게를 차지하는 것은 대부분 장갑이었기에, 장갑의 무게를 낮추면 상대적으로 출력을 높일 수 있었다.

　그래서 위즈는 이 행성의 광물로 새로운 합금을 구상했고, 거기에 드워프의 지식과 기술이 더해져 마침내 모든 조건을 만족시키는 합금을 만들 수 있었다.

　그것은 흔하디흔한 아디움 70%와 연성과 마법 저항력이 뛰어난 미스릴 10%, 그리고 그 외 몇 가지 금속의 합금이었다.

　너무나 흔하고 강성이 약해 쓸모없는 광물로 취급받던 아디움을 주원료로 한 합금을 만들 수 있었던 결정저 요인은, 바로 탄소였다. 아디움은 탄소와의 결합력이 그 어떤 광물보다 뛰어났던 것이다.

　이 행성에는 금속에 탄소를 함유시켜 강성을 높일 수 있다는 지식이 없었는데, 위즈가 그것을 전수함으로써 합금의 새로운 지평을 열 수 있도록 해주었다.

　이렇게 만들어진 합금을 그들 이름의 앞 글자와 뒷 글자를 따 휴즈 합금이라고 붙였다.

　휴즈 합금은 매우 가벼웠을 뿐만 아니라 강한 자극을 튕겨내는 뛰어난 강성과 강성을 뛰어넘는 자극에는 깨지는 것이 아니라 찌그러지는 연성을 동시에 가지고 있었다. 거기에 미스릴의 영향으로 마법 저항력까지 갖추어 명실공히 최고의 합금으로 탄생한 것이다.

또, 자연스럽게 움직이는 것만이 목표였던 E.G의 관절과 각 몸통 부위를 미기가 가진 뛰어난 구조 역학을 이용해 설계했다. 그 결과, 관절이 버틸 수 있는 하중이 비약적으로 높아졌고, 이는 E.G가 검격을 나눌 때 훨씬 강한 힘을 버틸 수 있게 해주었다. 그리고 급격하게 증가한 출력도 견딜 수 있게 해주었다.

그들이 마지막으로 부딪힌 문제는 테스릴이었다.

테스릴은 그 자체가 매우 귀한 금속으로, 대부분이 드워프 왕국에서 생산되고 있었다. 그런데 드워프 왕국은 오직 베롬 왕국을 통해서만 테스릴을 수출했다.

테스릴은 오직 E.G 생산과 특수 아티펙트를 만드는 것에만 사용되었기에 그것을 대량으로 수입하는 것은 곧바로 주변 왕국들의 주의를 끌 게 뻔했다.

테스릴만큼은 휴마벨도 뾰족한 수가 없었는데, 페이샬 산맥에는 테스릴 광맥이 없었기 때문이었다.

처음에는 강습 전투함을 이용해 베롬 왕국으로 직접 찾아가 테스릴을 조금씩 밀수했지만, 그것으로는 도저히 수요를 맞출 수가 없었다.

결국 위즈는 대체 금속을 찾기 위해 밤낮을 매달렸고, 마침내 비사륨과 데리움, 그리고 게늄을 2:2:6 비율로 섞어 마나 전도율이 테스릴의 98% 수준인 합금을 만들어냈다.

다만 이 합금은 녹는점이 너무 높아 마나 스톤에 직접 마법진을 새길 수 없었다. 융해된 상태의 합금이 마나 스톤을 녹여 버렸기 때문이었다.

그래서 심장에는 테스릴을 사용했고, E.G 본체에 마나 로드를 만드는 것에만 사용되었다. 그래도 그것만으로도 테스릴의 사용량을 대폭 줄일 수 있었고, 필요한 테스릴은 밀수하는 것으로 채울 수 있었다.

문제가 될 것이라 생각했던 마나 스톤은 오히려 전혀 문제가 없었다. 두 개의 드래곤 레어에서 나온 상급 마나 스톤만 200여 개가 넘었기 때문이었다.

"정말… 겨우 2년 만에 이런 성과를 낼 수 있었다니…… 그 어떤 드워프도 믿지 못할 걸세."

"그만큼 휴마벨님의 노고가 크셨습니다."

"허. 자네한테 그런 소릴 들으니, 좀 더 노력하라는 말로 들리네만?"

"하하. 그럴 리가 있습니까? 진심으로 하는 말입니다."

"그래. 자네도 정말 수고가 많았네."

그렇게 2년간 이어진 끊임없는 노력의 성과를 눈앞에 둔 둘은 가볍게 농담을 주고받으며 서로의 노고를 치하했다.

"이제 저 심장을 장착하면 어떤 괴물이 탄생할지, 벌써부터 기대가 되는군."

"1, 2차 프로토 타입 심장과는 비교할 수 없을 것입니다. 그때의 오류와 문제점들을 모두 개선했으니까요."

"그렇겠지. 그나저나 우리의 정령술사님은 언제 오시려나?"

"올 때가 됐는데…… 아 저기 오네요."

위즈와 휴마벨도 E.G 개발에서 해결하지 못한 문제가 하나 있었다.

그것은 바로 정령이었다.

아무리 E.G를 잘 만든다 하더라도, 그것을 자신의 몸으로 인식하고 기사와 계약을 할 정령이 없다면 말짱 꽝이었다. 로테르 왕국에는 현재 두 명의 정령술사가 있었는데, 그중 한 명이 도착한 것이다.

"위즈님~! 휴마벨님~! 오랜만이에요."

"어서 와, 페이린."

"허허. 언제나 밝아서 좋군."

"칙칙하게 남자만 우글대는 이곳에서 저라도 밝아야죠?"

"허허. 그건 그렇군."

그 정령술사는 바로 페이린이었다.

그녀는 2년 새에 한층 성숙해, 이제는 완연한 여인의 향기를 풍기고 있었다. 앳된 소녀의 티를 이제는 완전히 벗은 것이다. 하지만 그녀의 행동에는 여전히 천진난만한 소녀의 것이 남아 있었다.

그녀가 정령술사가 될 수 있었던 것은 바치오의 충고 덕분이었다.

물론 케니안의 일이 있은 후 다시 바치오를 만나거나 하지는 않았지만, 요령은 터득할 수 있었다.

또, 보다 강력한 의지를 가지기 위해 다양한 수련을 거쳤다. 잠 안 자고 버티기, 밥 안 먹고 버티기 같은 유치한 것에서부터 시작한 그녀의 수련은, 위즈와 케니안이 펼친 환각 마법까지 이겨낼 수 있는 수준으로 성장했다.

그녀는 그 과정에서 정령왕과 의지의 연결을 경험했다. 그것은 그녀에게 새로운 세상을 보여줬고, 그녀의 사고 폭과 의지의 힘을 한층 발전시킬 수 있는 계기가 되었다.

그래서 이제는 윌 오브 윈드를 통해 자신의 의지를 정령왕에게 직접 전달할 수 있는 수준까지 발전해 있었다.

물론 정령왕은 소환할 수 없었지만 상급 정령들은 동시에 여섯 명까지 소환할 수 있었고, 인간은 소환이 불가능하다는 고위 정령도 한 명은 소환할 수 있었다.

"지금 정령을 준비할까요?"

"잠깐 기다려. E.G 심장 작업을 마무리하는 중이니까. 그게 마무리되면 네가 나설 차례야."

"네."

"흠. 그럼 페이린도 왔으니 나도 내 작업을 마무리해 볼까?"

휴마벨은 얼추 E.G의 심장이 고정되어 가자, 심장과 본체의 연결을 마무리할 테스릴과 장비를 챙겨 들고 발걸음을 옮겼다.

"왜 그렇게 보세요?"

페이린은 그런 휴마벨을 바라보다 고개를 돌렸는데 위즈가 자신을 바라보고 있자 물었다.

"응? 아… 아냐."

위즈는 2년 새 여자로 변한 페이린에게 시선을 뺏긴 자신을 책망하며, 급하게 말을 돌렸다. 그러지 말아야지 하면서도, 이상하게 페이린을 볼 때마다 시선이 마음대로 되지 않았다.

"그런데 혼자 왔어? 케니안은?"

"왜? 내가 없으면 어떻게 해보려고?"

그때 케니안이 그의 어깨를 툭 쳤다.

"무… 무슨 소릴 하는 거야!"

"곤란해, 페이린을 그렇게 바라보면. 아무리 너라도 페이린은 안 돼."

"도… 도대체 무슨 말인지 모르겠네. 흠흠."

케니안의 농담에 위즈는 당황해 얼굴을 붉혔다.

"하하하!"

"풋!"

그런 위즈를 보며 케니안은 호탕하게 웃었고, 페이린은 웃음을 가리기 위해 고개를 돌렸다.

지난 2년 동안 변한 것은 페이린만이 아니었다.

위즈에게 농담을 건 케니안의 얼굴에는 예전처럼 딱딱하게 굳은 어색한 표정이 아니라, 웃음기 어린 자연스러운 표정이 걸려 있었다.

그의 이런 변화는 마나 로테이션 덕분이었다.

매일 많은 시간을 마나 로테이션에 할애하던 케니안은 어느 날 마나의 흐름에서 뭔가 이질감을 느꼈다. 머릿속에서 느껴지는 그 이질감을 제거하기 위해 불철주야 노력한 결과, 그것을 제거할 수 있었다.

그의 감정을 제어하기 위해 박혀 있던, 그리고 공간의 틈새를 탈출할 때 고장을 일으켰던, 바로 그 칩이 제거된 것이다.

감정 제어 칩이 사라진 케니안은 점점 감정 표현에 익숙해져 갔고, 이제는 자연스럽게 농담을 던질 정도로 감정이 발달해 있었다.

"그나저나, E.G 개발은 완료된 거야? 대회가 며칠 안 남았어."

"그래 오늘이 실전 테스트야. 정령과 계약하고 몇 가지 테스트만 하면 돼. 그건 이틀 정도면 되니까, 시간이 부족하지는 않을 거야."

케니안이 말한 대회는 이제 5일 뒤면 개최될 'E.G Fight'로, 줄여서 E.G.F로 불리며 대륙에 회자되고 있었다. E.G.F는 4국 연합이 주최하는 바로 그 대회였다.

E.G.F의 우승 상품은 드래곤 하트였고, 누구보다 드래곤 하트가 필요한 케니안 일행은 당연히 그 대회에 참여하려 했다.

물로, 아리스 국왕이 약속한 드래곤 하트가 있었지만 그것으로는 모자랄 수도 있었고, 가능하면 많은 드래곤 하트를 모으는 것이 안전했다.

"다행이네. 개발이 완료 안 되면 기가스로 참여할 뻔했는데."

기가스는 프리모 대륙의 상식에서 벗어난 크기와 형태 때문에 너무 눈에 띄는 기체였다. 거기다, 다른 E.G처럼 소환이 가능한 것이 아니기 때문에 더욱 문제가 되었다. 소환이 불가능한 것은 E.G가 아니라고 따지고 들면 난처해지는 것이다.

거기다 이런 전대륙적인 대회에는 프레스티 왕국도 참여할 것이고, 그렇게 되면 곧바로 전투가 벌어질 수도 있었다.

따라서 가능하면 E.G로 참여하는 것이 좋았다.

물론 드래곤 하트의 획득이 무엇보다 중요한 이상, 개발 중인 E.G의 성능이 떨어진다면 기가스로 대회에 출전할 계획이었다.

만약 여러 이유로 대회에 참여하지 못하게 한다면, 애트란과 기가스를 이용해 강탈해 올 생각까지도 있었다.

"이걸로도 충분해. 코롬베나티 제국이 대외적으로는 신형 E.G의 출력을 줄여서 발표한 거겠지만, 그걸 감안해도 우리가 1.5배가량 높아. 장갑 성능은 말할 것도 없고. 거기다 너는 마스터고."

그런 케니안의 걱정을 잘 아는 위즈가 자신감을 표현했다. 그만큼 심혈을 기울여 완성한 E.G였다.

"그래. 너를 믿어."

케니안은 위즈를 믿었다. 하지만 걱정이 전혀 되지 않는 것은 아니었다.

코롬베나티 제국은 4국 연합이 드래곤 하트를 우승 상품으로 E.G.F를 개최한다고 하자, 개발 중이던 신형 E.G의 스팩을 발표했다. 그것을 보고 우승은 꿈도 꾸지 말고, 웬만하면 참여하지도 말라는 으름장을 놓은 것이다.

그 스팩이 실로 대단했기에 실제로 오미론, 리우타, 세티이 세 왕국은 E.G.F의 불참을 선언했다. 물론 정치적인 이유도 포함되어 있기는 했지만, 그들이 그런 눈치를 보지 않고 바로 불참을 선언해도 될 정도의 스팩이었던 것이다.

기존 최고 스팩을 자랑했던 타니스—V 시리즈가 0.65~0.7의 출력을 가졌는데, 이번에 발표된 타니스—VI 시리즈의 출력은 무려 1.2~1.35였다. 거의 두 배가량 성능이 향상된 것이다.

거기다, 통상적으로 다운 그레이드해 판매하기 때문에 대외적으로는 성능을 낮추어 발표한다는 것을 고려했을 때, 최소 1.5의 출력은 된다는 말이었다.

그것은 타니스—V 시리즈의 E.G를 가진 기사가 타니스—VI 시리즈를 가진 기사를 상대하려면, 최소 한 단계 이상 수준 차이가 나야 한다는 뜻이었다.

따라서 위즈의 장담대로 E.G의 성능이 나오지 않는다면, 케니안이라도 승리를 확신할 수 없었고, 결국 기가스를 출전시켜야 하는 상황에 빠지게 되는 것이었다.

그런 케니안의 걱정을 아는지 모르는지, 위즈는 E.G를 바라보는 척하며 페이린을 힐끔거리고 있었다.

그런 위즈의 모습에 키아스가 겹쳐 보인 케니안이 키아스의 안부도 물었다.

"키아스는 어때?"

"나름대로 바빠. 내가 이것저것 시켜뒀거든."

“뭐? 하하.”

키아스는 위즈를 도와 다른 무기의 설계와 실험을 맡고 있었다. 위즈와 그밖에 미기를 사용할 수 있는 사람이 없기 때문이었다. 벨쥬브는 전혀 그들을 도울 생각을 하지 않고, 여전히 왕국에서 무위도식하고 있었으니 말이다.

그렇게 그들이 한가롭게 이야기를 나누는 동안, 작업을 마친 휴마벨이 돌아왔다.

“모두 끝났네. 완벽하게 마무리됐어.”

그의 말에 대화를 마치고 E.G를 바라보자 E.G는 어느새 가슴에 장갑을 덮고, 완전한 모습을 하고 있었다. 드워프의 손길이 닿아서 그런지 장갑에 세세한 문양이 더해져 마치 하나의 예술품처럼 보였다.

“이게 로테르 왕국의 주력이 될 RE—I이야.”

위즈는 두 번의 실패를 바탕으로 한 이번 테스트에 대한 확신이 있었기에, 프로토 타입의 명칭이 아닌 정식 명칭을 붙였다. RE는 로테르 제국의 약자로, 제국의 부활에 앞장서야 하는 E.G의 이름으로 가장 적합한 것이었다.

“페이린, 이제 준비해.”

“네.”

페이린은 앞서 두 번의 프로토 타입 심장이 완성됐을 때의 경험이 있었기에, 곧바로 바람의 상급 정령을 소환했다.

그것은 언젠가 페이린이 소환했던 바람의 상급 정령, 실리핀이었다.

"응?"

그런데 페이린은 예전처럼 곧바로 케니안에게 계약 의사를 물어오지 않고 고개를 갸우뚱거렸다.

"왜 그래?"

"실리핀이 저 E.G는 자신이 아니라 고위 정령과도 계약 가능할 것 같다는데요? 그러면서 자신으로 만족하는지 물어요."

"뭐? 고위 정령? 그거 인간은 소환 불가능한 것 아니었어?"

페이린의 말에 위즈가 깜짝 놀라 물었다.

"고위 정령을 소환할 수 있어?"

"네."

"그럼 그렇게 하자."

위즈는 고위 정령인만큼, 상급 정령보다 훨씬 강한 힘을 가지고 있을 것이라 여겼고, 그렇다면 RE-I의 성능 향상에 도움이 될 것이라 생각했다.

위즈의 말에 페이린은 잠시 두 눈을 감고 집중했다. 그러자 곧 페이린을 중심으로 세찬 바람이 불기 시작했다.

"무슨 일인가, 정령왕의 의지를 가진 소녀여."

그리고 바람이 멈추자, 저절로 나풀거리는 긴 머리카락을 가진 신비한 느낌의 청년이 허공을 딛고 서서 페이린에게 의지를 전달했다.

"리니 실리온님, 제 의지에 따라 저 E.G를 잠시의 순간의 몸으로 받아주시겠어요?"

고위 정령은 상급 정령과는 차원이 다른 존재였다. 인간으로 비유하자면, 작위를 가진 귀족 정령인 것이다. 그래서 고위 정령임을 뜻하는 실리온 앞에 각자 자신의 이름을 가지고 있었고, 명령이 아닌 부탁을 해야 했다.

영원을 살아가는 정령에게 인간의 수명은 찰나의 순간에 불과했기에 정령들 사이에서 E.G는 순간의 몸으로 통했다. 자신의 의지가 아니라, 계약한 기사의 수명이 다하면 저절로 계약이 해지되기 때문이었다.

"E.G? 아. 인간들이 만들어준다는 몸 말이군. 저것인가?"

리니 실리온은 페이린이 말한 E.G, RE-I을 훑어보았다.

"확실히… 다른 정령들이 가지고 놀던 것과는 많이 다르군. 하지만……."

"뭔가 문제가 있나요?"

리니 실리온과 페이린의 대화는 의지만으로 이루어지는 둘만의 대화였다. 그래서 페이린의 얼굴이 조금 어두워지자 그녀를 바라보고 있던 모두는 치솟는 궁금증을 누르기 위해 노력해야 했다.

"듣기로는, 저것을 몸으로 하기 위해서는 인간의 마나가 필요하다 했다. 내가 저 몸을 사용할 만큼 마나를 가진 인간이 있을까?"

고위 정령은 막강한 힘을 가졌지만, 소환만으로도 막대한 마나를 소모하는 존재였다. 페이린은 월 오브 윈드라는 특수한 아티펙트의 힘으로 정령을 소환해서 괜찮았지만, 리니 실리온이 E.G를 몸으로 받아들이는 순간부터는 계약한 기사의 마나를 소모할 것이다. 그리고 그의 마나 소모는 보통의 기사가 감당할 수 있는 수준이 아니었다.

"저 사람은 어떤가요?"

"그런 인간이 있을 리가…… 헉!"

그런 인간이 있을 리 없다고 믿고 있던 리니 실리온은 페이린의 의지가 가리키는 남자, 케니안을 보고 놀랄 수밖에 없었다. 도저히 인간이라고 믿어지지 않는, 거의 그로스 급 드래곤 수준의 마나를 가지고 있었기 때문이다.

케니안의 마나량은 현재 1.8기가를 넘어서고 있었다. 꾸준한 마나 로테이션과 수련을 통해 마나 홀의 크기가 늘어난 것이다. 그리고 예전처럼 무작정 마나를 뽑아내는 것이 아니라, 이제는 다른 기사들처럼 자유롭게 다룰 수 있었다.

또한, 케니안의 마나는 무 속성이었기에 어떤 정령과도 계약을 맺을 수 있었다.

"흠. 저런 인간이 있다니……."

예상치 못한 케니안의 존재에 리니 실리온은 잠시 고민했다.

하지만 이런 기회는 자주 오는 것이 아니었다. 고위 정령을 소환할 수 있는 인간도 별로 없었고, 소환된 고위 정령에게 충분한 마나를 제공할 수 있는 인간도 별로 없었다.

지금이 아니면, 하급부터 상급 정령들도 경험하는 E.G라는 몸을 가질 기회는 다시 오지 않을지도 몰랐고, 그렇다면 지금이 E.G를 경험한 유일한 고위 정령이 될 수 있는 기회였다.

결국 리니 실리온은 페이린에게 충고를 하는 것으로 이 기회를 허락했다.

"아무리 너라도 고위 정령은 한 명밖에 소환할 수 없다. 내가 네 의지를 따라 저 인간과 계약을 맺는다 하더라도 그것은 변하지 않는다. 즉, 저 남자가 죽거나 계약을 해지하기 전에는 다른 고위 정령을 소환할 수 없는 것이다. 그래도 네 의지는 변함이 없느냐?"

상급 정령이나 중급 정령은 E.G를 받아들이고 기사와 계약을 하면, 그대로 계약한 기사의 정령으로 귀속되었다. 즉, 정령술사는 소개의 주선자가 되고, 정령과 기사가 직접 계약

성립 여부를 가리는 것이다.

이런 조건이 아니었다면, 결코 E.G가 대량으로 생산될 수 없었다.

하지만 고위 정령은 달랐다. 고위 정령은 상급 정령이나 중급 정령과 달리 개체 수가 한정되어 있었다. 거기다 원래는 인간이 소환할 수 없을 정도로 고귀한 정신과 자존심을 가진 존재였다.

그런 존재가 다른 고위 정령의 향기가 남아 있는 인간과 계약할 리 없었다. 정령왕도 그것은 허락하지 않을 것이 분명했다.

"더 이상 고위 정령을 소환할 수 없게 된다는데요? 저는 상관없지만……."

리니 실리온의 설명을 들은 페이린이 위즈를 바라보며 말했다.

지금 개발되고 있는 E.G는 프로토 타입이었고, 따라서 앞으로 대량 생산될 E.G의 테스트를 해야 했다. 그런데 한 명밖에 소환할 수 없는 고위 정령으로 계약을 한다면, 일반화된 데이터를 얻을 수 없게 되는 것이다.

그런 페이린의 생각을 읽은 위즈는 고개를 끄덕이는 것으로 고위 정령과의 계약을 허락했다. 만약 E.G.F까지 시간이 있었다면 다음 기회에 고위 정령과 계약했겠지만, 지금은 시간이 없었다.

또, 반드시 E.G.F에서 우승해 드래곤 하트를 확보해야 했기에 어쩌면 잘된 일일 수도 있었다. 대륙에 고위 정령과 E.G 계약을 한 기사는 더 없을 테니까 말이다.

"네. 제 의지는 변함없어요."

위즈의 허락을 구한 페이린은 자신의 의지를 리니 실리온에게 전달했다. 그러자 리니 실리온은 케니안 앞으로 이동해 그를 바라보며 물었다.

"나는 그대와 동등한 관계로써 계약을 맺으려 한다. 계약의 대가로 나는 순간의 몸을 가지게 될 것이고, 그대는 마나를 제공함으로써 나의 도움을 구할 수 있게 될 것이다. 이 계약은 서로가 동의해 해지를 결정하거나 그대의 수명이 다할 때까지 유효하다. 이 계약에 동의하는가?"

"동의한다."

케니안은 정령이 내려다보며 반말을 해대자 살짝 기분이 나빴지만, 그런 것을 신경 쓸 때가 아니란 것을 잘 알았기에 곧바로 대답했다.

"좋다. 이것으로 계약은 성립되었다. 이제 나는 저 순간의 몸과 동화해 정령계로 돌아갈 것이다. 내가 필요하면 언제든 나를 소환하라."

리니 실리온은 계약이 성립되자 페이린에게 그랬던 것처

럼 직접 의지를 전달하고는 곧바로 RE—I으로 날아들었다.
그리고 잠시 후 RE—I은 사라져 버렸다.

"거참. 볼 때마다 놀라게 되는군. 처음 프로토 타입이 사라
졌을 때는 정말이지……."

휴마벨은 놀란 가슴을 쓸어내리며 말했다.

아무것도 모른 채 E.G 계약을 했던 첫 시도에서도 같은 현
상이 있었는데, 그때는 놀라 기절했던 그였다.

"계약은 완료됐어."

"좋아. 그럼 이제 나가서 소환하는 것부터 테스트를 시작
하자."

"그래."

"남자들이란……."

새 장난감을 선물받은 것처럼 신나서 밖으로 뛰어나가는
그들을 보고, 페이린은 고개를 절레절레 저으며 뒤따라 나갔
다.

CHAPTER 09
무기 개발

"휴. 테스트를 이렇게 번갯불에 콩 볶듯이 해치우다니."

E.G.F 참여를 위해 멀어져 가는 강습 전투함을 보며 위즈가 고개를 저었다.

고위 정령이 E.G를 받아들이는 것은 초유의 일이었고, 그만큼 많은 테스트가 필요했다. 하지만 그들에게는 시간이 부족했기에 이틀을 꼬박 새우며 필수 테스트만 진행하는 데도 정신이 없을 정도였다.

"그래도 성과가 대단했지 않은가? 우리의 노력이 이렇게 좋은 결과를 가져왔다니. 기쁘기 그지없네."

"네, 휴마벨님. 저도 아주 기쁩니다."

　필수 테스트만 진행했기에 작은 오류들을 파악하고 수정하는 것은 하지 못했지만, 테스트 결과로는 모든 것이 기대 이상이었다.

　E.G 출력을 확인하기 위한 테스트에서 무려 3.4의 최대 출력을 보인 것이다. 그것은 단순 수치로 케니안이 세 배 이상 강해졌다는 뜻이었고, 출력만 비교하면 기가스보다도 뛰어난 수치였다.

　다만 그 대가로 엄청난 마나가 소모되었는데, 개선된 마나 증폭 마법진의 도움을 받는 케니안이라도 20분 이상은 기동시킬 수 없을 정도였다.

　하지만 E.G.F라는 대회의 특성상, 오랜 시간 동안 다수의 전투를 펼치는 것이 아니었다. 그래서 케니안의 실력과 RE-I의 출력이면 일대일 상황에서 20분이나 걸릴 상대는 없을 것이라 판단해, 그대로 E.G.F의 출전을 감행한 것이었다.

　"이 정도 출력이라면 또 하나의 회심의 작품도 사용할 수 있을 것 같습니다."

　"그렇지! 그저 창고에 놔두기에는 아까운 놈이었는데 아주 잘됐군."

　그리고 예상을 뛰어넘는 RE-I의 성능은 그들이 개발 중이던 회심의 무기를 활용할 수 있다는 가능성을 보여주었다. 그것은 E.G 전투에서 적의 기선을 단번에 제압할 수 있을 정도였지만, 어마어마한 크기와 무게 때문에 과연 효용이 있을지 의문이 되던 무기였다.

"그 회심의 무기가… 혹시 며칠째 내 골치를 썩게 하고 있는 그걸 말하는 거야……?"

"헉!"

"아이고, 놀래라."

다크 써클이 턱까지 내려와 있는 퀭한 눈과 음침한 목소리를 내며 나타난 키아스를 보고, 위즈와 휴마벨은 놀란 가슴을 쓸어내렸다.

"생각보다 출력이 높아서 네가 하던 연구가 빛을 볼 수 있게 됐어."

그동안 일을 맡겨놓고 그의 존재를 잊어버리고 있었던 것이 미안했던지, 위즈는 키아스의 어깨를 두드리며 그를 달랬다. 하지만 키아스의 반응은 기대했던 것과 달랐다.

"뭐라고??"

눈을 부릅뜨며 위즈를 노려본 것이다.

"왜… 왜그래?"

"2인 1조로 사용할 수 있도록 개조해 놨단 말이야!!"

"그… 그래?"

"그런 결과가 나왔으면 진작 알려줬어야지!"

"미… 미안. 그… 그래도 아주 훌륭한 성과야. 그 출력을 낼 수 있는 것은 단 한 대뿐이니까. 네가 개량한 대로 2인 1조로 사용할 수 있게 된 것은 정말 엄청난 성과야."

위즈가 무섭게 노려보는 키아스를 달래기 위해 조금은 과장을 섞어 말했다. 비록, 조금 과장되긴 했지만, 키아스가 만들어낸 성과는 정말 훌륭한 것이었다.

그가 2인 1조로 개량해 낸 것은 바로, 플러파이 켈리건이었다.

위즈는 애트란을 페이샬 산맥으로 가져오자마자 각종 금속과 무기 등의 재고를 파악했다. 그리고 플러파이 켈리건의 탄환이 재고로 남아 있는 것을 발견했다.

하나뿐이던 플러파이 켈리건이 구디의 브래스에 부서졌으니, 플러파이 켈리건의 탄환은 자리만 차지하는 쓰레기, 그 이상도 이하도 아니었다. 고온에서 버티는 특성 때문에 이 행성에서는 그것을 녹일 수 있는 용광로를 제작할 수도 없었다.

하지만 위즈는 마법과 마법진을 연구하던 중에 플러파이 켈리건과 비슷한 것을 만들 수 있을지도 모른다는 생각을 했고, 곧바로 실행에 옮겼다.

처음에는 마법진을 내장시켜 마법의 힘으로 탄환을 쏘아내려 했다. 하지만 강한 폭발력을 가진 마법은 총신을 부러뜨렸고, 그렇다고 폭발력이 약한 마법은 무거운 탄환을 미동조차 시킬 수 없었다.

　그렇게 반복되는 실패를 경험하던 위즈는 어느 날, 마나가 서로 반발하는 현상을 발견했다. 불과 물처럼 서로 상극에 있는 마나가 서로를 강하게 밀쳐내는 것을 발견해 낸 것이다.

　아주 적은 양의 마나임에도 불구하고 상극의 마나들은 서로를 강하게 밀어냈고, 위즈는 이것을 이용해 실험을 했다. 결과는 대성공이었다.

　총신 아래 위에서 두 속성의 마나가 비스듬하게 발생하도록 설계를 해, 탄환을 공중에 띄울 수 있었을 뿐만 아니라 강하게 밀어낼 수도 있었다.

　특히 이것은 중력 때문에 필연적으로 발생하는 마찰을 제기힘으로써 단환의 빌사 속도와 사정거리를 비약적으로 높여 주었다.

　하지만 그런 성과에도 불구하고 위력은 진본에 비해 부족하고, 크기와 무게는 더 키졌다. 그것은 E.G는 물론이고, 기가스도 도저히 혼자 사용할 수 있는 수준이 아니었다.

　만약 그에게 주어진 시간이 많았다면 계속 연구했겠지만, 그에게는 연구해야 하는 목록이 길게 늘어져 있었고, 그중 최우선이 되어야 하는 것은 E.G의 연구였다.

　그래서 위즈는 더 이상 플러파이 켈리건의 연구를 지속하지 못하고 E.G의 연구에 몰입했고, 그것을 지켜보던 키아스가 자발적으로 플러파이 켈리건을 개량하는 연구를 시작했던 것이다.

위즈로부터 기본적인 원리와 설계 도면을 넘겨받은 키아스는 위력은 그대로 두면서 무게와 크기를 줄이는 연구를 했다. 하지만 그것은 불가능에 가까웠기에 레드 드래곤, 구디와의 전투 경험을 살려 2인 1조로 사용할 수 있게 개량한 것이었다.

플러파이 켈리건의 위력은 E.G 전투에서 돌격 속도를 조금이라도 줄이고, 견제하기 위해 던지는 스피어에 비할 바가 아니었다. 스피어는 대부분 쳐널 수 있지만, 플러파이 켈리건은 막고 자시고 할 수 있는 파괴력이 아니었다.

E.G 한 대는 물론이고, 만약 밀집 대형을 이루거나 일렬로 서서 돌격한다면 열 대도 파괴할 수 있을 만큼 위력적인 무기인 것이다.

진짜 플러파이 켈리건에 비해 부족한 위력이었지만, 그것만으로도 돌격으로 맞부딪치기도 전에 적 E.G 수를 줄일 수 있고, 진형도 흩어버릴 수 있었기에 충분했다.

플러파이 켈리건의 존재가 중요한 이유는 로테르 왕국의 기사 수가 절대적으로 부족하고, 정령술사가 둘뿐이어서 로테르 왕국이 가용할 수 있는 E.G의 수가 매우 적기 때문이었다.

페이린은 바람의 정령밖에 소환할 수 없었고, 바치오는 물의 상급 정령밖에 소환할 수 없었다. RE—I은 뛰어난 E.G였기에 상급 정령과도 충분히 계약이 가능했지만, 기사들 중에 바람과 물의 속성 마나를 가진 기사들이 너무나 부족했다.

그렇지 않아도 부족한 기사 전력인데, 두 속성을 가진 기사들로 추리니 20여 명밖에 되지 않은 것이다. 바치오가 소환할 수 있는 중급 냉기의 정령까지 동원한다 해도, E.G와 계약할 수 있는 속성 마나를 가진 기사의 수는 30명 남짓으로밖에 늘어나지 않았다.

그나마 다행인 것은, 울더런 용병 길드의 합류였다.

위즈의 설득으로 로테르 왕국으로 합류한 울더런 용병 길드의 전력은, 알려진 것 이상이었다. 로테르 왕국의 기사 전력을 뛰어넘었던 것이다.

최상급 그레듀에이트 수준인 특급 용병이 여덟 명이나 있었고, 상급 그레듀에이트와 중급 그레듀에이트가 섞인 1급 용병이 57명이나 되었다. 그중에 상급 그레듀에이트가 스무 명에 달했으니, 역시 기사의 왕국이라는 프레스티의 최고 용병 길드다웠다.

그리고 그중에 바람과 물, 냉기 속성을 가진 용병들은 31명이었다.

용병에게 E.G를 지급해야 한다는 것이 꺼림칙했지만, 형식적으로라도 충성의 서약을 하고, 거짓말 탐지기의 테스트를 통과했기에 E.G를 지급하기로 결정했다. 그들 모두를 기사단에 편입시킨다 하더라도 E.G 전력은 다른 왕국의 절반 수준에 불과했기에 어쩔 수 없었다.

이렇게 절대적인 수적 열세를 극복하게 해줄 수 있는 훌륭한 무기가 바로 플러파이 켈리건이었기에, 플러파이 켈리건의 양산화는 차후 큰 힘이 될 것이 분명했다.

따라서 위즈가 키아스를 칭찬한 것은 조금의 과장을 제외하면 모두 진심이었다.

하지만 키아스는 여전히 화를 풀지 않았다. 그래서 위즈는 키아스가 온전히 자신의 힘으로 개발해 낸 무기들도 칭찬하기 시작했다.

"거기다 네가 개발한 미사일과 마나 엔진도 아주 훌륭해."

미사일은 원거리 타격 무기를 연구하다가 개발해 낸 것이었다. 물론 애트란이 드래곤과 전투를 펼칠 때 모두 소모한 그런 미사일은 아니었다. 폭약 대신 그 내부에는 개당 100g의 무게를 가진 화살촉 3천 개가 들어 있기 때문이었다.

하지만 화살과 마법이 전부인 프리모 대륙의 원거리 무기에 일대 혁명을 불러일으킬 만한 무기임에는 틀림없었다.

미사일은 마법진을 내부에 새겨 넣고, 마법으로 물을 증발시켜 수증기로 만들어 높은 압력을 내뿜는 것으로 추진력을 얻었다. 그들이 가졌던 미사일의 액체나 고체 연료를 이 행성의 기술로는 만들어낼 수 없었기 때문에 생각해 낸 방법이었다.

그렇게 증기로 추진력을 내어 발사되면 물이 계속적으로 증발하면서 미사일의 무게가 가벼워졌기에, 높은 고도까지 날려 보낼 수 있었고, 물이 다 떨어지면 관성으로 인해 쏘아 올려진 거리만큼 더 날아갔다.

또 증기로 추진력을 얻는 만큼 재질도 비교적 가벼운 것으로 할 수 있었기에 사거리를 비약적으로 증가시킬 수 있었다.

그래서 미사일에 마법진을 새겨 추진체를 만들고, 외형을 제작하는 것은 어렵지 않았다. 그런데 문제는, 목표 거리에서 화살촉을 떨어지게 하는 것이었다. 사람이 그것을 타고 목표 지점에서 장갑을 분리시킬 수는 없는 노릇이기 때문이었다.

만약 미사일에 화살촉 대신 폭약을 탑재시켰다면 그 문제를 쉽게 해결할 수도 있었을 것이다. 폭약은 애트란에 충분한 재고가 남아 있었으니까 말이다.

하지만 위즈와 키아스는 그것은 전혀 고려하지 않았다. 자신들은 이제 곧 이 행성을 떠날 것인데, 전혀 다른 문명에서 온 대량 학살 무기를 이 행성에 남겨두고 싶지 않았다.

그들은 그저 제국을 부활시키고, 자신들이 떠나더라도 제국을 유지할 수 있는 정도의 지식과 기술만 전수되기를 바랐다.

어떻게 보면 지금도 이 행성의 균형을 깨뜨리고 있는데, 더 큰 파괴를 불러일으키고 싶지 않았다. 그래서 가능한 드워프의 기술과 마법이라는, 원래 이 행성이 가진 문명만 사용하고

자 했다.

결국 그들은 연구를 거듭한 끝에 연료인 물의 양으로 그 문제를 해결했다. 많은 실험을 통해 물의 양에 따라갈 수 있는 거리를 측정했고, 물이 줄어들수록 그 안의 추가 낮아지게 만들었다. 추에 연결된 끈이 당겨지면 외부 장갑이 분리되면서 화살촉이 떨어지도록 개발한 것이다.

그렇게 약간의 마나를 가지고 마법진의 활성화 주문만 알면 누구나 쓸 수 있는, 약 30㎞의 최대 사거리를 가진 원거리 무기, 미사일이 개발되었다.

마나 엔진은 보병의 부족을 채우기 위해 개발된 것으로, 각종 차량에 동력을 제공해 주는 것이었다.

처음에는 그들이 사용하는 마나 코어를 제작하려 했지만, 아무리 드워프라도 나노 단위의 기술이 필요한 공정은 불가능했다. 그래서 비록 구식이지만, 피스톤 운동을 이용한 엔진을 제작했다.

마나 엔진에는 플러파이 켈리건에 사용된 상극의 마나가 반발하는 힘을 적용시켰다. 여섯 개의 피스톤이 마나의 공급과 차단에 따라 상하 운동을 반복하도록 제작했고, 이를 통해 동력을 발생시킨 것이다.

이것은 중급이나 하급 마나 스톤만으로도 충분했고, 그런 마나 스톤은 많이 보유하고 있었기에 별다른 문제가 없었다.

마나 엔진은 다양하게 활용이 가능했는데, 대표적인 병기는 탱크였다. 탱크는 장갑을 갖추고 빠르게 이동하며, 쇠로 만들어진 탄환을 쏘아내는 것이었다.

탱크가 쏘아내는 탄환은 움직이는 E.G를 맞출 수 없을 정도로 정확성은 대단하지 않지만, 맞추기만 한다면 장갑에 작은 피해는 줄 수 있을 정도였다. 만약, 일제 발사로 많은 탄환을 명중시킨다면 E.G의 장갑에 적지 않은 피해를 줄 수 있었다.

물론 그러기 전에 E.G에 유린당할 확률이 높았기 때문에 그것이 주목표인 병기는 아니었다. 일반 보병을 상대하거나, 점령지 방어를 위해 개발된 것이었다.

이런 무기들은 로테르 왕국의 부족한 전력을 훌륭하게 메울 수 있는 것들이었는데, 이 모두를 키아스 혼자서 만든 것은 아니었다. 휴마벨과 위즈의 지식과 기술이 없었다면 결코 만들어질 수 없는 것들이었지만, 키아스를 달래기 위해 그 모든 것을 키아스의 공으로 돌린 것이다.

"흥. 그래도 위대한 E.G를 개발해 낸 너만 하겠습니까?"

그럼에도 불구하고 오랜만에 건수를 잡은 키아스는 위즈를 비꼬며 화를 풀지 않았다.

"키아스님은 뭐가 그렇게 불만이세요?"

그때 점이 되어 더 이상 보이지 않을 때까지 강습 전투함을 바라보고 있던 페이린이, 키아스를 돌아보며 물었다. 떠나는 케니안을 바라보던 여운이 키아스에 의해 방해받았기에, 그녀의 목소리에는 약간의 짜증이 묻어 있었다.

"응? 아냐. 아무것도."

위즈에 가려져 있어 미처 보지 못했던 페이린이 갑자기 물어오자, 키아스는 당황해 얼버무렸다. 페이린 앞에서 속 좁은 놈으로 있기는 싫었기 때문이었다.

키아스가 조용히 위즈의 옆구리를 찌르는 것으로 분을 풀자, 페이린은 다시 한 번 강습 전투함이 날아간 하늘을 바라보았다.

그녀의 얼굴에는 2년 전과는 비교도 할 수 없이 커진 케니안에 대한 사랑이 그득히 묻어났다. 그들의 관계는 이미 연인 이상의 것으로 발전해 있었다.

그럼에도 불구하고 페이린은 이번 케니안의 일정에 따라가지 못했다. E.G 제작에 반드시 필요한 그녀가 거의 한 달 일정으로 치러지는 E.G.F에 함께 갈 수는 없어서였다.

그렇다면, 누가 케니안과 함께 E.G.F에 참여하기 위해 갔단 말인가?

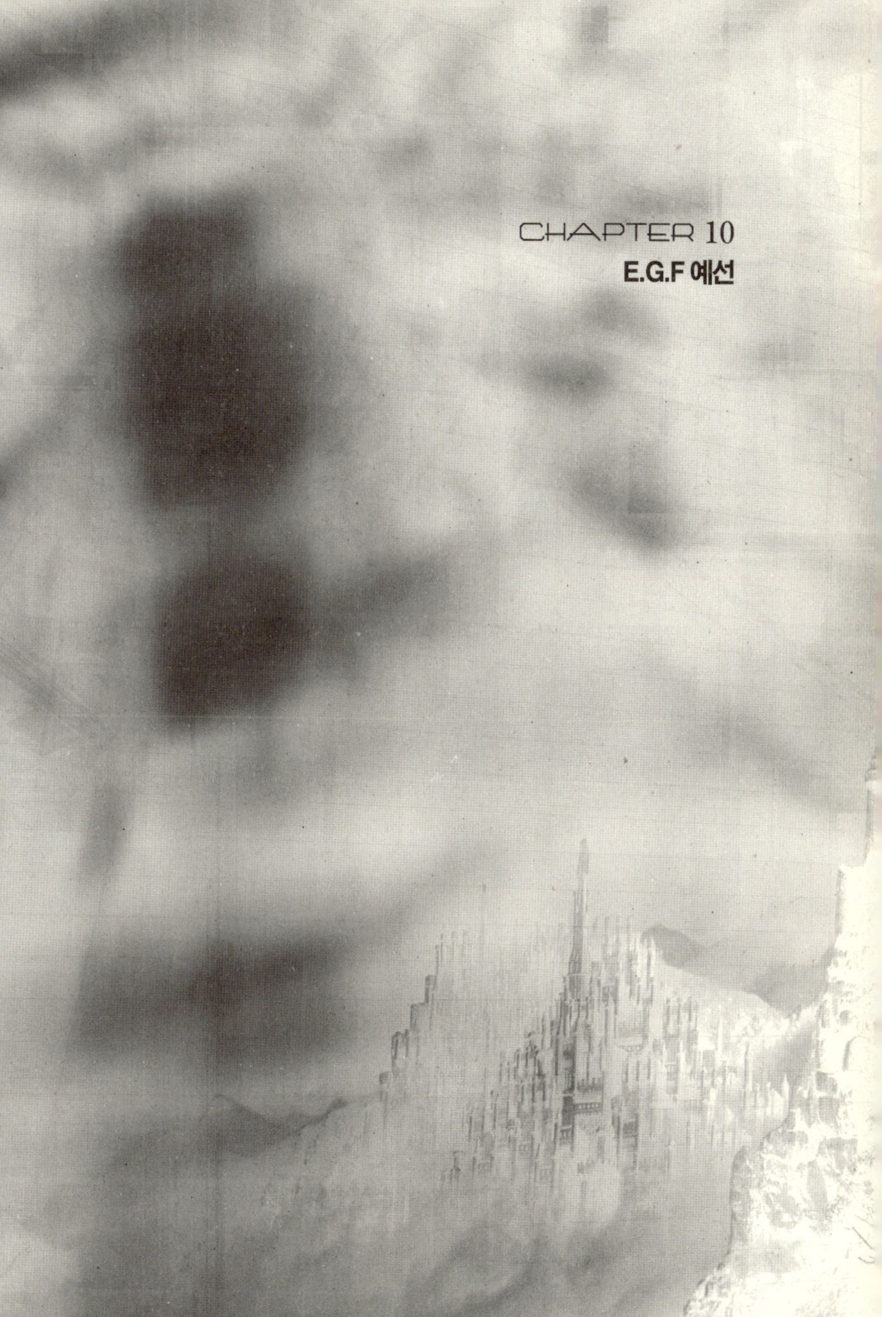
CHAPTER 10
E.G.F 예선

"오호. 생각보다 발전이 많이 됐네. 사람도 많고. 그 따분한 로테르 왕성과는 비교도 안 되는걸?"

벨쥬브는 한밤중임에도 불구하고 수많은 사람들이 왁자지껄 떠들고 있는 거리를 걸으며 감탄했다.

4국 연합의 국경이 모두 맞물리는 레반 황무지는, 흙먼지와 바람만이 차지하고 있던 과거의 모습을 버리고 불야성을 이루고 있었다. 대륙 최초의 E.G 대회인 E.G.F의 개최지로 선정되면서, 초대형 원형 경기장을 중심으로 수많은 건물들이 들어섰기 때문이었다.

4국 연합은 예상되는 관광객의 수를 최대한 수용하기 위해 지난 2년간 수많은 시설들을 지어놓았는데, 지금 상황은 그것도 부족해 보일 정도였다.

"흠. 황무지가 2년 만에 이렇게 바뀌었다는데…… 돈의 위력을 얕볼 수만은 없겠네."

케니안은 아무렇지도 않은 듯, 벨쥬브의 말에 대꾸했지만 사실은 조금 불안했다. 기가스는 E.G의 연구를 위해 드래곤 레어에 계속 보관되어 있었고, 그들이 타고 온 강습 전투함은 아무도 지키는 사람 없이 산속 깊은 곳에 착륙해 있었기 때문이었다.

거기다 같이 온 유일한 사람인 벨쥬브는 E.G.F나 강습 전투함에 대한 걱정은 전혀 없이 놀 생각만 하고 있으니, 처음으로 혼자가 된 기분을 느끼고 있었다.

페이린도, 키아스도, 위즈도, 그렇다고 이제 친분이 두터워진 보텔 공작이나 다른 기사들과도 이번 일정에는 동행할 수 없었다.

보텔 공작은 용병들을 포함한 기사단 재편과 군단 재편, E.G 배정, 전략 수립 등 해야 하는 일이 너무 많았다. 또, 케니안을 돕기 위해 기사단을 파견하고 싶어도 이제 RE—I의 프로토 타입이 완성되어 양산을 시작한 상태라 다른 기사들에게는 아직 E.G가 지급되지 않았고, 현재 그들이 가진 E.G로는 아무런 도움이 되지 않을 것이 뻔했다.

거기다 드래곤 하트는 엄밀히 말하면 케니안 일행의 목표였고, RE—I의 실전 테스트를 겸해 케니안 자신의 실력도 테스트해 보고 싶었기에 다른 도움을 받지 않기로 한 것이다.

하지만 정신없이 지나가는 여자들의 몸매를 바라보고 있는 벨쥬브를 보며, 그 결정에 대해 후회하고 있었다.

"로테르 왕국만 벗어나면 언제나 용병이 되는구나. 이번에는 별일없어야 할 텐데."

케니안은 프레스티 왕국과 쓸데없는 충돌을 피하기 위해 변장을 하고, 가명을 사용해 용병 신분으로 E.G.F 참가 신청을 한 상태였다. 거기다 로테르 왕국의 E.G인 것을 밝혀 받게 될 각국의 견제를 방지하기 위한 목직도 있었다.

E.G.F는 신분, 국적을 가리지 않고 E.G 계약자라면 누구나 참가할 수 있었다. 하지만 용병 신분으로 참가 신청을 한 것은 케니안뿐이었는데, E.G와 계약힌 용병은 죄를 지어 E.G와 함께 도망친 전직 기사들이 대부분이었다.

그래서 그는 이미 여러 국가의 관심을 받고 있는 중이었다. E.G를 가진 전과가 없는 용병은 처음이었기 때문이다. E.G 자체가 국가 관리 물품이었고, 그 자체의 가격도 일개 용병이 감당할 만한 수준은 아니었기 때문이었다.

로테르 왕국이 주변국의 관심을 받지 않게 하기 위해 선택한 용병이란 신분이, 그에게 모든 국가들의 관심이 쏠리게 만든 것이다.

　그런 사실을 알 리 없는 케니안은, 멀리서 그를 바라보는 존재들의 시선을 알지 못한 채 한참을 걷다 멈춰 섰다.

　그들이 발걸음을 멈춘 곳은 수많은 여관 중에서도 휘황찬란한 인테리어와 외관을 가지고 있는, 로반 펠리스 앞이었다.

　로반 펠리스는 귀족과 왕족이 이용하는 여관들을 제외한 여관들 중에서 가장 고급이었는데, 이곳밖에 방이 남지 않아 의도치 않게 머물게 된 것이다.

　어차피 돈은 많았으니 별 걱정은 없었지만, 용병 신분으로 이런 고가의 여관에 머문다는 것이 케니안은 조금 꺼림칙했다.

　"너는 먼저 여관에서 쉬고 있어라. 난 다른 일 좀 보고 갈 테니까."

　벨쥬브는 어깨를 훤히 드러내는 빨간 드레스를 나풀거리며 걸어가는 여인에게 시선을 고정한 채 말했다.

　"너는 도대체 왜 따라온 거냐?"

　"왕성도 지겨워져서 구경 나왔다."

　뻔뻔하게 대답하는 그를 보며 케니안은 기가 차서 아무런 대꾸를 하지 못했다.

　"그럼 이만~! 시간 나면 예선전에 응원하러 갈게."

　벨쥬브는 그렇게 말하며 발길을 돌렸다. 하지만 돌아서는

그의 눈빛은, 조금 전까지 지나가는 여인들을 훔쳐보던 것이
아니었다.

그는 누군가에게 원한이 쌓인 것 같은 날카로운 눈빛을 흘
리며, 며칠 전에 있었던 일을 떠올렸다.

"지금 뭐라고 했지?"

벨쥬브는 자신 앞에 태연히 앉아 있는 아리스를 죽일 듯이
노려보았다. 하지만 아리스는 그런 눈빛으로는 사람을 죽일
수 없다는 것을 잘 아는 듯 아무렇지도 않게 대답했다.

"적당히 하라고 했소."

지난 2년 동안, 벨쥬브는 로네르 왕성에서 왕인 아리스보
다 더한 행동을 버젓이 저지르며 무위도식했다.

아리스는 그런 벨쥬브의 행동이 오히려 그의 일행에게서
따돌림을 받는 것처럼 보였고, 보텔 공작을 통해 그들의 관계
를 은밀히 알아보게 했다. 그 결과, 벨쥬브가 다른 일행들과
그렇게 좋은 사이가 아니란 것을 알 수 있었다.

그래도 보텔 공작은 조심에 조심을 기하기 위해 케니안과
위즈, 키아스, 그리고 페이린의 의중까지 슬며시 떠보기까지
했다. 그리고 그들은 벨쥬브가 뭘 하든, 어떻게 되든 별로 관
심을 두지 않는다는 것을 파악하게 되었다.

그래서 아리스는 그동안 쌓여왔던 벨쥬브에 대한 분노를

표출하기로 결심했고, 벨쥬브에게 경고하고 있는 것이다.

"허. 참. 네가 뭔데 나한테 이래라저래라야?"

"말조심하시오!! 이분께서는 로테르 왕국의 아리스 국왕 폐하이시오!"

벨쥬브의 건방진 말투에 아리스 옆에 시립해 있던 보텔 공작이 노한 음성으로 소리쳤다.

"그걸 누가 모르나? 나는 드래곤의 사자인 걸로 아는데?"

"훗! 드래곤의 사자는 위장 신분이라는 것을 모르나?"

"알지. 그래도 그 위장 신분 덕택에 이 왕국이 얻는 이득을 내가 다 설명해야 하나?"

"물론, 드래곤 사자의 존재와 그들의 도움으로 우리는 발전에 발전을 거듭하고 있다. 하지만 너는 드래곤 사자로서 무엇을 했는가?"

"그래서, 내가 좀 놀고먹는다고 지금 이러는 거야?"

한마디도 지지 않고 대꾸하는 벨쥬브에게 기가 막힌 아리스는 순간적으로 말문이 막혔다. 거기다 뻔뻔하게도 왕성의 여자란 여자는 다 집적대고 마음에 들면 거리낌없이 자신의 침실로 불러들이는 것을, 조금 놀고먹었다고 표현할 줄은 몰랐다.

"이런 안하무인인 자가 있나!"

보텔 공작은 벨쥬브의 태도에 화가 머리끝까지 치솟았다.

만약 여기가 어전이 아니었다면 벌써 칼을 뽑아 들었을 그였다.

"아무튼 난 조금도 적당히 할 생각 없으니 그렇게 알라고."

하지 말라고 하면 더 하고 싶은 악동 기질이 발동한 벨쥬브는, 더 이상 이야기할 필요도 없다는 듯이 자리에서 벌떡 일어섰다.

그때 그의 움직임을 멈추게 하는 말이 아리스의 입에서 튀어나왔다.

"드래곤은 죽일 수 없지만……. 인간 하나쯤 죽이는 건 일도 아니지. 그렇지 않은가, 보텔 공작?"

"폐… 폐하……."

갑작스런 아리스의 말에 보텔 공작은 어떻게 대답해야 할지 몰랐다. 아무리 그래도 그들의 왕국에 큰 도움을 주고 있는 이들의 동료를 죽일 수도 있다는 말은, 도를 넘어선 것이라 여겨서였다.

"인간은 먹고 마시고 자야 하니까…… 먹을 것이나 마실 것에 조금 장난을 쳐도 되고, 자고 있을 때는 아무래도 무방비가 되는 것이 인간이지?"

하지만 테이블 밑에 있던 손으로 자신의 허벅지를 찌르며 말을 이어가는 아리스였기에 보텔 공작은 어쩔 수 없이 대꾸했다.

“그렇습니다. 인간은 강한 척하지만, 너무도 쉽게 죽음을 맞이할 수 있는 존재입니다.”

“내게 이렇게 행동하고도 후환이 두렵지 않나?”

그들의 대화를 가만히 듣고 있던 벨쥬브가 낮게 으르렁거렸다.

만약 보텔 공작이 없었다면, 아리스를 향해 달려들 정도의 기세였다. 하지만 보텔 공작의 실력을 눈앞에서 본 적이 있는 그는 으르렁거리기만 할 뿐, 다른 행동은 할 수 없었다.

“후환? 너 하나쯤은 없어져도 아무도 관심없을 것 같은데?

“……”

벨쥬브는 아리스의 말에 순간적으로 할 말을 잃었다.

지난 2년간 케니안이나 위즈, 키아스의 얼굴을 마주한 적이 없다는 사실이 불현듯 떠올랐기 때문이다. 거기다 자신이 죽거나 실종된다 하더라도 그들이 자신을 찾아 나설 것이라 상상되지 않았다.

“당장 지금까지의 행동들을 멈추라는 것은 아냐. 적당히 즐기고, 가능하면 조금씩 줄여달라는 것이지.”

벨쥬브가 몸을 부들부들 떨기만 할 뿐 아무런 대꾸를 하지 못하자 아리스가 승자의 미소를 지으며 이야기했다.

“이……”

“그럼 기대하고 있지.”

뿌드득.

벨쥬브는 그날 아무런 대꾸도 하지 못한 자신에 대한 분노로 섬뜩한 소리가 나게 이빨을 갈았다.

그리고 케니안에게 집중되었던 시선 중에 몇몇은 그런 그를 유심히 바라보았다.

예선전 당일.

어제 오전 참가자 접수를 마무리하고 발표된 E.G.F의 참가자 수는 총 90명이었다.

코롬베나티 제국은 16강 본선을 자신들의 기사로만 치르겠다는 듯이, 최신형 E.G로 무장한 기사들을 스물네 명이나 출전시켰고, 드워프와 E.G를 제작하는 베롬 왕국이 E.G 제작 왕국답게 열여덟 명을 출전시켰다.

그리고 인디실론에서 열다섯 명, 프레스티에서 열두 명, 4국 연합에서 각 다섯 명씩 스무 명이 출전했고, 마지막으로 용병 신분의 케니안을 합쳐 총 90명이 출전한 것이다.

원래 대외 활동을 잘 펼치지 않는 팔레이트 제국은 인디실론 왕국에게 최신형 E.G를 공급해 주었으니, 사실상 공동 출전이라 보면 되었다.

따라서 이번 E.G.F는 로테르 왕국과 일찌감치 출전을 포기한 세 개 왕국을 제외한 모든 대륙의 국가가 참여한, 어마어마한 규모로 열리게 된 것이다.

그리고 그동안 베일에 싸여 있던 예선 방식도 공개되었는데, 그것은 대부분의 사람들이 예상했던 것과 큰 차이는 없었다.

특이한 것은 각 조별로 기록 경쟁을 하는 것이 아니라, 모든 참가의 기록을 비교해 본선 진출자를 가린다는 것이었다.

즉, 조 1위인 것은 아무런 의미가 없게 된 것이다. 이는 전력을 다하지 않고 조 1위만으로 본선에 진출하고자 하는 자들을 걸러내기 위한 4국 연합의 꾀였다.

E.G.F 예선의 종목은 세 가지였는데, 각 종목별로 1위에게 100점이 주어졌고, 2위부터는 2점씩 차감해 30위까지 점수를 부여했다. 그리고 30위 미만부터는 40점을 일괄적으로 부여했다.

본선 진출자는 그렇게 치러지는 세 경기의 점수를 합산해 열여섯 명이 결정됐기에, 모든 경기에서 16위 안에 든다 해도 본선 진출을 장담할 수는 없었다. 거기다 다른 사람의 결과를 모두 알기 전에는 자신의 기록으로 몇 위를 할 수 있을지 예상하기가 힘들었기에 모든 경기에 최선을 다하는 수밖에 없었다.

"아… 이런 식이면 적당히 전력을 감추지 못하겠는

데……."

　예선에서는 적당히 실력을 감추라는 위즈의 조언이 있었지만 경기 규칙을 살펴본 케니안은 그것이 어렵다는 것을 알 수 있었다.

　"할 수 없지. 조 추첨에서 뒷 번호를 뽑을 수 있기를 바라는 수밖에."

　그렇게 아주 작은 바람을 가지고 예선 조 추첨장을 찾은 케니안은, 그의 바람대로 여섯 개의 조 중에 4조에 배치될 수 있었다.

　하지만, 경기 결과가 나올수록 좌절할 수밖에 없었다.

　첫 번째 예선 종목은 최하 속도가 정해저 있는 드랙 달리기였다.

　시속 40km 이상으로 2km 길이의 트랙을 몇 바퀴나 도느냐를 측정하는 것이었는데, 출발 지점을 다시 통과히는 시간을 측정해 속도를 측정했고, 속도가 40km 이하가 되면 그 즉시 탈락을 하는 것이었다. 그리고 몇 바퀴를 돌았는지를 측정해 그 바퀴 수에 따라 순위를 매겼다.

　이 종목은 E.G가 얼마나 오래 기동할 수 있는가를 측정하기 위해 만들어진 종목이었는데, 각 국가의 대표들이 최고의 기사와 최신형의 E.G를 가지고 나와서 그런지, 평균 E.G 가동 시간인 35분을 훌쩍 넘긴 한 시간 20분가량을 달렸다.

평균의 맹점이 잘 드러나는 순간이었다.

아무튼, 그 결과는 가동 시간이 20분이 한계인 RE-I을 가진 케니안을 좌절하게 만들었다.

케니안 말고도 이 결과에 좌절한 사람들이 있었는데, 그것은 바로 프레스티 왕국의 기사들이었다. 그들은 일대일 대결을 할 것이라 여겼지, 이렇게 E.G의 성능을 측정하는 예선이 있을 줄 예상 못했던 것이다.

결국 가장 성능이 떨어지는 E.G를 가진 그들은 몇 명을 제외하고는 40분 이상을 달리지 못해 하위권으로 떨어질 수밖에 없었고, 4, 5, 6조에 배치된 기사들은 대책을 세우느라 정신이 없었다.

"어떻게 해야 하지……."

"엇? 당신이 유일한 용병 참가자라는 그 사람이오?"

자신의 순서가 코앞에 왔음에도 해결책을 찾지 못하고 고민하고 있는 케니안에게 한 남자가 다가와 말을 걸었다.

여기서 기사 복장을 하지 않은 유일한 이가 케니안이었기에 그를 알아보는 것은 어려운 일이 아니었다.

"아. 그렇습니다. 위니스라고 합니다."

케니안은 참가 신청서에 써냈던 가명을 대며 인사했다.

"나는 프레스티 왕국 근위대의 퓨나라고 하오."

퓨나는 기사의 왕국인 프레스티에서도 최고 실력을 가진

마스터였다.

그는 한눈에 케니안의 실력이 보통이 아님을 알 수 있었고, 그가 살레이토의 비극을 일으킨 용병일 수도 있다고 생각했다.

프레스티의 기사들은 살레이토의 비극이 정체불명의 E.G와 비공정에 의해 일어났다는 것을 알고 있었다. 그래서 용병으로 E.G.F에 참가한 케니안에게 주의를 기울이고 있었고, 우연찮게 같은 조에 배속되어 이렇게 접근해 온 것이었다.

"기사의 왕국으로 유명한 프레스티의 근위대 기사님을 뵙는군요. 영광입니다."

하지만 케니안은 그 사건에 대한 죄책감은커녕 기억노 거의 희미해진 상태였기에, 퓨나의 의도를 전혀 파악하지 못하고 차분하게 응대했다.

"영광은 무슨, 죄다 본선 진출은 물 건너 간 것 같은데."

케니안의 반응이 아주 자연스럽자, 퓨나는 일단 의심을 접었다. 그 사건의 범인이라면 프레스티 왕국의 근위대를 눈앞에 두고 이렇게 무반응일 수는 없다고 생각해서였다.

"그러게 말입니다. 최고의 기사님들이 E.G의 성능이 못 미처 모두 예선 통과가 어렵다면, E.G.F의 재미가 반감될 텐데 말입니다."

"당신 뭘 좀 아는구만? 하하."

말은 그렇게 했지만, 퓨나의 얼굴에는 그들에게 불리한 규칙에 대한 불만은 없어 보였다.

"그런데 별로 불만은 없어 보이십니다?"

"불만? 다른 놈들이 멍청해서 떨어진 것이니, 불만을 가질 필요는 없지."

"그게 무슨……."

"이건 오래 달리기가 아니라, 많이 달리기란 말이지."

"네?"

케니안은 이상한 말장난 같은 퓨나의 대꾸에 반문했지만 대답은 돌아오지 않았다.

"나를 보면 알 거야. 자네 4조 맞지?"

"네. 그렇습니다만."

"나와 같은 조군. 그럼 곧 알게 될 거야."

케니안이 퓨나의 아리송한 말에 고개를 갸웃거릴 때였다.

"4조 분들은 모두 준비해 주십시오."

경기장 정리가 끝났는지, 진행자가 4조를 호출했다.

"자, 열심히 하라고!"

퓨나는 불안은커녕, 자신만만한 얼굴로 케니안의 어깨를 한차례 두드려 주고는 대기실 밖으로 나갔다.

"흠. 뭐, 두고 보면 알겠지."

퓨나의 자신감이 무엇에 근거하는지 알 수는 없었고 아무런 대책도 세우지 못했지만, 이대로 포기할 수는 없었기에 케니안도 예선에 참여하기 위해 대기실을 나섰다.

　예선은 원형 경기장이 아닌, 넓은 황무지에 펜스를 길게 쳐놓은 곳에서 이루어졌다. 그래서 최소 10골드나 하는 본선의 입장권을 살 엄두도 못 내는 많은 사람들이 예선전에서라도 E.G의 대결을 보기 위해 몰려들었다. 그런 경기장의 형태와 규모 때문에 예선은 각 경기당 10실버였다.

　"1위가 26바퀴였지……."

　몇몇 기사들은 자신이 있는지, E.G의 팔을 들어 관객들에게 여유롭게 손을 흔들어주고 있었지만, 케니안은 어떻게 하면 순위권에 들 수 있을지에 대한 생각밖에 없었다.

　현재 이 종목의 1위는 코롬베나티 제국 최고의 기사, 시오닉이었다.

　그는 정확하게 40km의 속도를 지켜가며 마나가 모두 소모될 때까지 달려 그 기록을 만들었다. 거기다 10위권 안에 코롬베나티 제국 기사가 다섯 명이나 더 포함되어 있었는데, 그것은 코롬베나티 제국의 마나 증폭 마법진의 뛰어난 효율을 증명하는 것이었다.

　[와우. 처음 보는 E.G군. 근사한데?]

　펑!

외부와 의사소통을 위해 만들어진 음성 증폭 마법진을 이용해 퓨나가 케니안에게 말을 걸자마자 출발 마법이 시전되었다.

[먼저 가네.]

그리고 퓨나는 케니안의 대답도 기다리지 않고 쌩 하고 달려나갔다.

"응? 저렇게 달리면?"

웅성웅성.

그런 퓨나의 모습에 관람석은 물론, 심판들도 웅성거리기 시작했다. 퓨나가 거의 시속 100㎞에 달하는 속도로 달리고 있었기 때문이다. 그들은 저렇게 달리다가는 순식간에 지칠 것이라고 여겼다.

하지만 케니안은 퓨나의 모습에서 깨달았다. 빨리 달리나 천천히 달리나, E.G의 소환을 유지하기 위해 소모되는 마나의 양은 똑같았다. 따라서 짧은 시간에 빠르게 많은 바퀴를 도는 것이, 마나 증폭 마법진의 효율이 떨어지는 프레스티 왕국의 기사들에게 훨씬 유리하다는 것을 말이다.

퓨나가 말했던 많이 달리기라는 말을 이제야 이해할 수 있게 된 케니안은, 곧바로 속도를 높이기 시작했다.

출력은 그 어떤 E.G보다 뛰어난 RE—I이었다. 거기다 구조 역학의 도움으로 설계된 하체는 빠른 속도로 달리는 충격을 모두 견딜 수 있었다.

"이… 이럴수가…… 시속 160km……."

갑자기 속도를 높여 빠르게 달리기 시작해 어느새 퓨나를 추월해 트랙을 돌고 있는 케니안의 담당 심판이 놀라 입을 쩍 벌렸다. 시속 160km는 그들의 상식으로 불가능한 속도였기 때문이었다.

그것은 비단 그에게만 충격적인 장면이 아니었다. 경기를 관람하고 있던 수많은 E.G 기술자와 마법사들을 경악하게 만드는 일대 사건이었다.

"말도 안 돼! 저렇게 달리면 다리와 허리가 그 충격을 어떻게 견디지?"

"저건 불가능해! 어떻게 저런 출력이 나온단 말인가?"

E.G.F에 출전한 대부분의 신형 E.G는 출력이 1.2를 넘었기에 기사들처럼 순간저으로 빠르게 움직이는 깃은 충분히 견딜 수 있었다. 하지만 달리는 것과 순간적으로 움직이는 것은 다른 것이었다. 특히 지금처럼 많은 거리를 달려야 할 때는 말이다.

"훅. 훅."

그들이 놀라든 말든 케니안은 호흡을 고르며 최대한 빠르게 달리고 있었다. 어차피 20분 후면 기동이 불가능해질 테니 그 시간 안에 최대한 많이 달려야 했다.

결국 관성까지 이용해 마지막까지 달린 그는, 40km 이상에서 28바퀴째를 돌고 멈춰 섰다.

"……."

쿵! 쿵!

RE—I을 제외한 다른 E.G들이 여전히 트랙을 돌고 있었지만, 사람들의 시선은 대부분 RE—I에게 집중되어 있었다. 그들의 눈에는 케니안이 28바퀴로 1위를 확정한 다음 여유있게 E.G의 소환을 해제한 것처럼 보였다.

그도 그럴 것이, 케니안이 퓨나에게 감사를 표하기 위해 팔짱을 끼고 기다리고 있었기 때문이었다. 사실은 마나 한 톨도 남기지 않고 다 소모한 그였지만 말이다.

퓨나는 30분 동안 25바퀴를 돌고서야 멈추어 섰다. 그것은 현재 3위에 해당하는 기록이었고, 웬만해서는 5위 안에 충분히 들 수 있는 것이었다.

그리고 다른 프레스티 왕국의 기사들이 18바퀴 정도에서 탈락한 것을 볼 때, 퓨나의 전략은 매우 성공적인 것이었다. 물론 그가 프레스티 기사들 중 가장 뛰어난 것도 하나의 이유였다.

"휴… 자네가 대단한 건가, 자네의 E.G가 대단한 건가?"

E.G를 소환 해제하고 잠시 숨을 고른 퓨나가 케니안에게 다가와서 물었다.

퓨나는 케니안을 살레이토에서의 그 용병으로 생각하지 않았다. 기사들의 증언에 따르면 그 용병의 E.G가 훨씬 더 컸기 때문이었다. 대신, 가장 강력한 경쟁자로 생각하기 시작했다.

"하하, 아닙니다. 이건 모두 퓨나님 덕분입니다."

케니안은 그런 퓨나를 향해 기분 좋게 웃으며 인사를 했다.

"흠. 아무튼 자네가 가장 강력한 경쟁자가 될 것 같은 예감이 드는데…… 조심해야겠어."

"경쟁자가 있다는 것은 좋은 일이죠."

"하하. 그건 그렇지. 좋네, 다음 경기에서 보도록 하지."

퓨나도 경쟁자가 생겼다는 사실을 즐기는 듯, 호방한 웃음을 보이고 돌아갔다.

다음날, 예선의 남은 두 가지 종목이 돌아가면서 연딜아 치러졌다. 지구력이 아닌 순간적인 출력을 겨루는 종목이었기 때문이었다.

두 종목 모두에서 최고의 관심사는 위니스라는 용병이었다. 예선 첫 종목에서 시속 160㎞라는 경이적인 속도로 28바퀴를 돌아 1위를 차지한 그는, 관객과 각 왕국의 E.G 개발자들을 몰고 다니며 흥행을 이끌었다.

물론 그는 케니안이었다.

케니안은 첫 번째 종목으로 무게 추 들어 올리기를 뽑았고, 이번에는 1조에 속해 예선을 치르게 되었다.

무게 추 들어 올리기는 E.G의 출력과 내구성을 측정하는 가장 일반적인 방법 중 하나로, 강철로 만들어진 무게 추를 쌓아 올려 그대로 들고 일어서면 되는 간단한 형식이었다.

하지만 무거운 추를 들어 올리는 것은 결코 간단한 일이 아니었다. 단순히 출력만 좋아서 되는 일이 아니기 때문이다. 출력은 물론이고 그 무게를 충분히 견딜 수 있는 뼈대가 있어야 했고, 허리와 다리, 팔, 어깨 등 각 관절부의 유연성과 강인함도 갖추어야 했다. 그렇지 않으면 허리가 부러지거나 팔이 떨어져 나갈 것은 뻔한 일이었다.

그래서 이 종목은 드워프들의 기술이 접목되어 있는 베룸 왕국의 E.G에게 좀 더 유리했다.

달리기 종목에서 하위권에 머문 베룸 왕국의 기사들은 이 종목에서 만회를 벼르고 있었다. 그러나 케니안이 기록한 무게에 좌절하고 말았다.

그는 세 번 주어진 기회에서 차례로 무게를 올려 마지막 시도에는 무려 130톤의 무게 추를 들어 올린 것이다. 이것은 웬만한 E.G를 번쩍 들어 올려 던져 버릴 수 있는 수준이었기에, 사람들이 느끼는 경악은 표현하기가 어려울 정도였다.

케니안은 그저 위즈와 함께했던 테스트와 비슷한 종목이

고, 다른 E.G의 기록을 알 수 없어 최대한 많은 무게를 든 것일 뿐이었지만 말이다.

그렇게 무게 추 들기에서도 1위를 차지한 케니안은 마지막 종목인 스피어 던지기에서는 관중들의 기대를 저버리고 중위권에 머물렀다.

스피어 던지기는 다섯 개의 스피어를 2㎞ 밖 바닥에 그려져 있는 지름 30m짜리 과녁을 향해 던지는 것이었다. 과녁에는 100점부터 시작해 10점씩 차감되는 다섯 개의 원이 차례로 그려져 있었고, 다섯 개의 스피어가 맞춘 점수를 더해 순위를 결정했다.

하지만 케니안은 스피어를 던지는 훈련은 한 적이 없었다. 거기다 항상 기가스로 전투를 치른 그였기에, 원거리에 있는 적은 모두 IMS의 도움을 받았었다.

따라서 2㎞ 밖의 바닥에 그려져 있는, 눈에 잘 보이지도 않는 30m짜리 과녁에 스피어를 던져 넣는다는 것은 무리였다.

그래도 두 종목에서 1위를 기록하며 200점을 획득한 케니안은 무난하게 16강에 들 수 있었다.

이 종목은 프레스티 왕국의 반발을 조금이라도 무마시키기 위해 만들어진 것이었는데, 스피어를 정확히 그리고 멀리 던지는 것은 E.G의 성능보다 기사의 실력이 더 중요했기 때문이었다.

그래도 다른 두 종목에서 프레스티 왕국이 압도적으로 불리했기에, 4국 연합은 코롬베나티 제국이 대부분의 본선 자리를 차지할 수 있을 것이라 판단했던 것이다.

하지만 퓨나의 활약을 본 프레스티 왕국의 기사들이 달리기 종목에서 선전을 펼쳐 세 명이나 본선에 진출하게 되었고, 전혀 예상하지도 못했던 용병도 본선에 진출하게 되었다.

아무래도 4국 연합의 계획대로 E.G.F가 흘러가기에는 틀린 것 같았다.

CHAPTER 11
제안

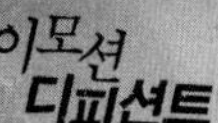

어느새 한 달이란 시간이 흘러 E.G.F도 마지막 결승전만을 남겨놓고 있었다. 그리고 결승전의 대진은 E.G.F가 시작되기 전에 도박사들이 내어놓은 예상을 완전히 빗나가 버렸다.

그들이 우승을 점쳤던 코롬베나티 제국이나 팔레이트 제국, 베롬 왕국의 E.G가 아니라 이름없는 일개 용병의 E.G와 프레스티 왕국의 E.G가 맞붙게 된 것이다.

"결국 이렇게 되는군."

"그러게 말입니다."

"이거 E.G.F의 최고 스타를 상대하려니 벌써부터 긴장되는데?"

　결승을 맞이해 거대한 원형 경기장 중심에 마주 보고 서 있던 두 사람이 서로에게 말을 건넸다. 그들은 케니안과 프레스티 왕국의 퓨나였다.

　케니안이 쓴 위니스라는 가명은 현재 전 대륙의 관심사였다. 일종의 영웅이었던 것이다.

　하늘에서 떨어져 내린 것처럼 제작 국가를 알 수 없는 E.G를 타고 용병의 신분으로 내로라하는 기사들을 꺾고 결승에 오른 그는, 대중의 영웅이 되기에 모자람이 없었다.

　"하하. 저야말로 긴장이 됩니다. 퓨나님 같은 강자와 검을 나눠야 하니까 말이죠."

　일대일로 벌어진 본선은 생각보다 싱거웠다. 위즈의 장담대로 케니안의 실력과 RE—I의 출력을 버텨내는 E.G와 기사가 없었던 것이다.

　최선을 다하지 않았음에도 불구하고 본선 상대의 대부분은 5분도 안 돼 팔이나 다리를 내주고 항복을 선언했을 정도였다.

　하지만 지금 케니안과 마주하고 있는 퓨나는 결코 만만한 상대가 아니었다. 기사 왕국인 프레스티의 최고 기사답게, E.G의 출력 차이를 메우고도 남는 실력을 가지고 결승에 오른 이인 것이다.

　코롬베나티 제국의 E.G가 아무리 출력이 뛰어나도 그것을 움직이는 기사의 실력이 상대적으로 부족하니 당연한 일이었다. 거기다 퓨나는 강한 출력을 내는 E.G의 힘을 역이용할 줄 아는 뛰어난 검술을 가진 마스터였다.

4국 연합과 코롬베나티 제국은 예선에서 프레스티 왕국의 기사들을 모두 걸러내지 못한 것을 땅을 치며 후회하는 것밖에는 할 수 있는 것이 없었다.

"조심하게. E.G의 성능은 나에게 큰 문제가 아니니까."

"알겠습니다. 하지만 저도 E.G의 성능만으로 여기까지 온 것이 아닙니다."

케니안은 수련을 통해 늘어난 자신의 실력을 실전에서 확인하고자 했었다. 그래서 E.G의 출력보다는 검술로 승부를 보았고, 본선에 진출한 프레스티 왕국의 기사들을 꺾고 결승에 올라온 것으로 자신의 실력에 자신감을 가질 수 있었다.

"흥. 디아스 그 멍청이를 꺾은 것으로 기고만장하면 안 되지."

디아스는 4강전에 케니안에게 패배한 프레스티 왕국의 기사였는데, 그렇다고 멍청이라고 불릴 만한 자는 아니었다. 디아스는 퓨나의 뒤를 이어 프레스티 왕국의 이인자였을 뿐만 아니라 퓨나도 열 번 싸우면 세 번은 질 정도의 강자였다.

그래서 퓨나는 말과는 다르게 바짝 긴장하고 있었다.

펑!

그들이 그렇게 서로를 견제하고 있을 때 잡다한 소개말과 대회의 성공적인 개최를 축하하는 연설들이 끝났고, 곧바로 경기의 시작을 알리는 마법이 시전되었다.

그 신호와 동시에 퓨나가 선공을 시작했다. E.G의 출력은 상대가 되지 않으니, 속도를 활용한 기습을 통해 최대한 빠른 승부를 보려 한 것이었다.

마치 찌르기처럼 보이던 그의 공격은, 순식간에 변화해 호리호리해 보이는 RE-I의 허리를 베어 들어왔다. 하지만 케니안은 가볍게 검을 돌려세워 막아냈다.

검을 쳐내는 것이 아니라 그저 검을 세우는 것만으로도 충분히 퓨나의 공격을 막을 수 있었던 것이다.

"크윽! 젠장. 역시 출력에선 상대가 안 되는군."

"이것 참. 퓨나님의 검은 검술만으로는 막지 못하겠군요."

사실 케니안은 깜짝 놀라고 있었다. 유연하게 퓨나의 검을 맞대어 막으려던 그의 의도가 갑작스런 퓨나의 검의 변화에 깨어져 버렸고, 어쩔 수 없이 RE-I의 출력을 이용해 막은 것이다.

"퓨나님의 실력은 인정하겠습니다. 하지만 이번 대회는 E.G를 이용한 대회이고 드래곤 하트가 반드시 필요하니, 제가 이겨야겠습니다."

케니안은 돌진해 온 것만큼 빠르게 뒤로 물러나 검을 겨누

고 있는 퓨나에게 말했고,

말이 끝남과 동시에 최대 출력으로 움직였다.

그러자 순간적으로 그 큰 RE-I이 시야에서 사라졌다.

"헉! 뭐… 뭐야."

"어떻게 저런!"

관중들이 웅성였다. RE-I이 거의 30m를 솟구쳐 오른 것이다. 그 거대한 몸이 저렇게 높이 날아오를 수 있다는 것은 충격이었다.

다른 E.G도 10m 정도 뛰어오르는 거야 어떻게 할 수 있겠지만, 그 정도의 높이에서 떨어져 내리는 착지의 충격을 감당해 낼 수 있는 E.G는 없다는 것이 정설이었다.

그래서 E.G 간의 대결에서 높게 점프하는 것은 금지되어 있는 행동이었기에 그들의 놀람은 더욱 컸다.

놀라기는 퓨나도 마찬가지였다.

다만, 그의 놀람은 관중들의 그것과는 달랐다. E.G의 좁은 시야 때문에 공중으로 솟구친 RE-I을 놓쳤고, 그의 입장에서는 갑자기 사라져 버린 것처럼 느껴졌기 때문이었다.

그래서 퓨나는 주위를 경계하며 사라진 케니안을 찾기 위해 두리번거리다 갑자기 자신의 주위가 어두워지는 것을 느꼈다. 그제야 케니안이 점프라는 전혀 예상하지 못한 행동을 했다는 것을 파악할 수 있었다.

"뭐 이런!"

고개를 들어 거대한 그림자로 변해 자신을 덮쳐 오는 RE-I을 본 퓨나는 다급히 검을 들어 올려 막았다.

카가가가각!

하지만 RE-I의 검은 퓨나가 들어 올린 E.G의 검을 부러뜨리는 것으로 모자라, 어깨에 깊숙이 박혔다.

만약 조금만 더 깊게 검이 들어갔다면 퓨나까지도 베어버렸을 정도였다.

도저히 전투를 계속할 수 없을 만한 피해를 입은 퓨나는, E.G의 소환을 해제하고 항복을 선언했다.

"졌네. 그렇게 빠르게 E.G의 사각인 공중으로 날아올랐을 줄이야."

E.G의 좁은 시야와 상식을 뛰어넘는 높이의 점프를 이용한 공격이었기에 퓨나라고 하더라도 당할 수밖에 없었고, 퓨나는 그것을 순순히 인정했다. 비록 사기적인 성능을 가진 E.G에게 패배를 당했지만 말이다.

"아닙니다. 이것은 E.G의 차이로 생긴 결과일 뿐입니다. 언제 기회가 된다면 퓨나님과 제대로 검을 섞어보고 싶습니다."

RE-I의 소환을 해제하고 퓨나 앞에 선 케니안도 자신의 실력이 아닌, E.G의 성능의 차이가 승부를 갈랐다는 것을 잘 알고 있었기에 퓨나에게 악수를 청하며 말했다.

"훗. 겸손한 것인지 건방진 것인지 알 수가 없군."

퓨나는 E.G가 없어도 지지 않을 것이라는 도전적인 눈빛을 보내는 케니안의 손을 맞잡으며 말을 이었다.

"좋네. 언제든지 프레스티 왕국의 왕성으로 찾아온다면, 내 기꺼이 상대해 주지."

"알겠습니다. 그날을 기대하고 있겠습니다."

단 한 번의 공격으로 인해 예상보다 싱겁게 끝나 버린 결승전이었지만, 원형 경기장을 가득 메우고 있던 관객들은 그들의 모습에 아낌없는 박수를 보내주었다.

그렇게 대륙 최초로 치러진 E.G.F는 수많은 이야깃거리와 정체불명의 E.G, 그리고 용병에 대한 논란을 남기고 성공적으로 막을 내렸다.

그리고 시상식에서 치하의 말과 함께 드래곤 하트를 건네는 네이젠 후작의 얼굴이 똥 씹은 표정이었다는, 이후 벌어질 E.G.F에서도 대대로 회자될 이야깃거리까지 남겼다.

"우승… 축하해야 되나?"

커다란 상자를 들고 여관에 들어서는 케니안을 향해 벨쥬브가 말했다.

"뭐, 너한테 그런 것까진 바라지 않아."

“훗, 그럼 드래곤 하트나 구경해 보자.”

기대하지도 않는다는 표정의 케니안을 보며, 벨쥬브는 아직도 망설이던 결심을 굳혔다.

“자, 여기.”

그런 벨쥬브의 생각을 알 리 없는 케니안은 아무런 거리낌 없이 상자 속에 들어 있던 어른 머리통만 한 드래곤 하트를 꺼내주었다.

벨쥬브는 드래곤 하트를 받아 들고 자세히 살펴보았다.

드래곤 하트는 빛에 따라 일렁이는 시커먼 색을 가진 것 말고는 별다른 것이 없어 보였다. 이것이 정말 로데온 왕국이 E.G.F까지 개최하며 처리하고자 했던, 그 골칫덩어리 드래곤 하트가 맞는가 의심이 될 정도였다.

드래곤 하트는 쉴 새 없이 뿜어대던 인간에 대한 분노와 자아를 잠시 감춘 상태였다. 당장은 별다른 힘이 없다는 것을 깨달은 것이다.

하지만 모든 것을 자포자기 한 것은 아니었다. 인간에게 발견된 이상 인간들은 자신을 이용하기 위해 노력할 것이고, 그 과정에서 봉인이 풀리길 기다리기로 한 것이다.

비록 그 가능성이 제로에 가깝다고는 하지만, 천 년의 세월도 기다렸는데 좀 더 기다리는 것을 하지 못할 이유가 없었다.

　만약 그것이 조금 더 일찍 이런 생각을 했다면, 로데온 왕국이 그 드래곤 하트를 차지할 수 있었겠지만, 이미 물은 엎질러진 것이었다.

"흠. 별거 아니네."

　따로 마나 측정 장치를 가지고 있지 않은 그에게 드래곤 하트는 정말 별거 아닌 것처럼 보였다.

"그나저나, 여기까지 왔는데 기념품 하나 안 사갈 거야?"

　벨쥬브는 자신이 내민 드래곤 하트를 상자 속에 다시 집어넣고 있는 케니안에게 물었다.

"무슨 기념품?"

"쯧. 페이린한테 빈손으로 돌아가면 참 좋아하겠네?"

"아! 그렇군. 고맙다."

　케니안은 생각지도 못했던 부분을 벨쥬브가 집어주며 자신을 신경 써주자 고마움을 표시했다. 눈치나 사람의 분위기를 파악하는 능력이 부족한 그는, 벨쥬브의 시선이 드래곤 하트를 담은 상자에 고정되어 있다는 것은 알지 못했다.

"고맙기는. 보통 여자는 반짝이는 것이나 세세한 관심이 들어 있는 것을 좋아하니까 잘 골라봐. 난 이 드래곤 하트를 지키면서 기다리고 있을게."

"네가 골라주면 안될까?"

　벨쥬브가 친절하게 나오자 건넨 말이었지만, 돌아온 것은 그의 냉소뿐이었다.

"훗. 나한테 너무 많은 걸 바라지 마."

"쳇. 알았어. 그럼 여기서 잠깐 쉬고 있어. 금방 갔다 올게."

케니안이 돌아서서 여관 밖으로 나가자, 그가 인파 속으로 사라진 것을 확인한 벨쥬브는 미리 적어놓은 쪽지를 여관 종업원에게 건네주었다.

그리고 케니안이 돌아오면 건네주라는 말을 남기고는 상자에서 드래곤 하트를 꺼내 가죽 부대에 넣고, 있는 힘을 다해 달리기 시작했다.

그렇게 강습 전투함을 숨겨놓은 산속을 향해 미친 듯이 달리던 그는, 레반 황무지를 벗어나 어제 어느 술집에서 받았던 제안을 떠올렸다.

케니안이 E.G.F에서 우승한 후 폐회식과 시상식은 다음날 함께 치러졌고, 당일에는 본선 진출자들이 함께하는 우승 축하연이 펼쳐지고 있었다. 그래서 하루 더 이곳에 머물게 된 벨쥬브는 혼자 술을 마시며 고민에 빠져 있었다.

이대로 돌아가 봐야 로테르 왕성에서 예전처럼 지낼 수 없었다. 그렇다고 당장 가진 것 하나 없고, 아는 이도 하나 없는 이 행성에서 로테르 왕국으로 돌아가지 않을 수도 없었다.

그가 그렇게 어떻게 해야 할지 고민하고 있을 때, 한 남자가 그의 앞에 앉으며 인사를 했다.

"안녕하신가?"

"뭐야? 왜 여기 앉는 거야?"

벨쥬브는 거칠게 말하며 고개를 들어 주위를 둘러보았다. 그리고 지금 술집에 남은 자리가 하나도 없다는 것을 깨달았다. E.G.F의 결승이 끝나고, 아직 채 가시지 않은 여운을 즐기는 사람들로 가득했기 때문이었다.

"조용히 한잔하고 가. 말 시키지 말고."

벨쥬브는 정말 불쾌하지만, 어쩔 수 없다는 태도로 말을 했다.

그런 그의 안하무인적인 태도에 성질을 낼 법도 했지만, 벨쥬브의 앞에 앉은 자는 미동도 하지 않았다.

"훙."

벨쥬브는 그런 남자를 보며 코웃음을 쳐주고는 자신의 술잔만 기울였고, 후드를 뒤집어쓴 그 남자는 벨쥬브를 가만히 바라만 보았다.

그런데 세 번째 술병마저 비운 벨쥬브가 네 병째를 주문하기 위해 고개를 들었을 때, 분위기가 심상치 않다는 것을 깨달았다. 어느새 술집을 가득 채우고 있던 주당들이 사라지고, 하나같이 얼굴을 가리는 긴 후드를 입은 자들이 자신을 둘러싸고 있었기 때문이다.

술과 고민에 빠져 있었기에, 그답지 않게 너무 늦게 눈치챈 것이다.

"나한테 할 말이라도 있으신가?"

그제야 벨쥬브는 고개를 돌려 앞에 앉은 남자에게 물었다.

"이제야 대화를 할 준비가 되었군."

후드를 벗으며 벨쥬브를 바라보는 남자는 가슴까지 내려온 하얀 수염이 인상적인 노인이었다.

"우선 하나만 묻지. 자네의 동료가 위니스라는 용병이 맞는가?"

"위니스? 아… 위니스. 그래. 지금 한창 E.G.F 우승 축하연에서 정신없을 그놈. 동료 맞지. 그런데?"

"단도직입적으로 말하지. 나는 대코롬베나티 제국의 타리온 체니루아 공작이네. 나는 드래곤 하트와 자네의 동료인 위니스라는 용병, 그리고 그의 E.G가 우리 제국으로 귀순하기를 바라네. 만약 수락한다면, 황제 자리만 빼고 원하는 것은 모두 주지."

체니루아 공작가는 코롬베나티 제국의 개국 공신 가문으로, 제국에서도 단 세 명밖에 없는 공작 가문 중 하나였다. 그리고 현 가주인 타리온 공작은 제국의 E.G 개발을 총괄하여 책임지는 막강한 권력자였다.

"흠……."

벨쥬브는 타리온 공작의 분위기와 자신을 둘러싸고 있는 이들의 기세가 결코 허황된 것이 아니란 것을 알 수 있었다. 물론 마음만 먹는다면 이곳을 벗어날 자신은 있었지만, 그를 붙잡고 있는 것은 타리온 공작의 제안이었다.

타리온 공작의 제안은 그의 고민을 단번에 해결할 수 있는 것이었다. 거기다 대륙에서 가장 발달한 코롬베나티 제국에서 적당한 작위와 막대한 재산을 얻을 수 있는 것이다.

만약 로테르 왕국의 아리스 왕에게 위협을 당하지 않았다면 이런 제안에 휘둘릴 일도 없었겠지만, 타리온 공작의 제안은 그를 크게 흔들고 있었다.

"그 말을 어떻게 믿지?"

벨쥬브의 말에서 자신의 제안에 관심이 있다는 것을 파악한 타리온 공작은, 기하학적인 문양이 새겨져 있는 동그란 패를 꺼냈다.

"이것은 8서클 마법이 걸려 있는 증표네. 반드시 지켜져야 하는 계약이나 약속이 있을 때 사용되는 것이지. 이것에 두 사람의 피를 먹이며 맹세한 것을 깨뜨린 자는, 온몸의 마나와 피가 마르며 죽게 된다네."

그것은 맹세의 징표라는 아티펙트였는데, 가운데에 손가락이 들어갈 만한 구멍 두 개가 숨겨져 있었다.

“그럼 약속이 지켜지면?”

“그렇다 해도 효력은 남아 있네. 이것은 언령과 피의 맹약이라는 고위 마법을 이용한 것이기 때문에 영원히 지속되네. 따라서 자네가 생각하는 그런 일은 걱정하지 않아도 되네. 그래도 불안하다면 자네가 다른 조건을 걸어도 되고.”

벨쥬브는 타리온 공작이 원하는 것을 얻은 후 자신을 제거하려 들 수도 있다는 것을 고려했다. 그리고 타리온 공작은 그런 벨쥬브를 이해한다는 듯이, 고개를 끄덕여 가며 그의 걱정을 덜어준 것이다.

이번 E.G.F에서 우승한 E.G를 얻을 수만 있다면, 무엇을 대가로 지불해도 아깝지 않았기에 타리온 공작의 말에 거짓은 없었고, 그런 그의 태도에 조금은 신뢰를 가지게 된 벨쥬브가 조건을 바꾸어 제안했다.

“좋아. 대신, 대회에 출전한 E.G와 위니스는 빼.”

“그건 안 되네. 차라리 드래곤 하트를 빼더라도 E.G는 반드시 가져와야 하네.”

그런데 벨쥬브가 그 E.G를 빼고 드래곤 하트만을 가져온다는 식으로 대답하자, 타리온 공작은 불가의 뜻을 단호하게 표명했다.

드래곤 하트도 어마어마한 가치를 가졌지만, 그에게는 정체불명의 E.G가 더 가치있는 것이었고, 그것이 빠진다면 이

제안은 아무런 의미가 없는 것이었다.

"왜? 당신들이 원하는 것은 그 신형 E.G의 설계도나 제작 기술 아냐?"

하지만 벨쥬브는 타리온 공작이 궁극적으로 원하는 것이 무엇인지 파악하고 있었다. 그가 원하는 것은 단순한 E.G 그 자체가 아니라, 그것을 통해 E.G 제작에 필요한 새로운 마법진과 기술을 습득하는 것이라는 것을 말이다.

"그렇긴 한데."

"내가 그것들을 가져다주지. 덤으로 E.G 따위와는 비교도 안 되는 아주 큰 선물도."

"흠. 왜? 위니스라는 동료와는 별로 친분이 없나?"

타리온 공작은 벨쥬브의 제안이 오히려 더 솔깃했다. 이미 완성되어 있는 E.G를 연구하는 것 보다는, 그 E.G의 설계도와 제작 기술을 넘겨받는 것이 시간과 비용을 아낄 수 있었기 때문이었다.

그러나 굳이 위니스라는 용병을 이 제안에서 제외하려는 의도를 알 수 없어 벨쥬브의 의중을 떠본 것이다.

"같이 죽을 고비를 수없이 넘겨왔는데 친분이 없다는 것은 말이 안 되지. 오히려 나보다 그와 친분이 두터운 자는 없을 걸? 다만, 그는 어떤 유혹과 협박에도 절대로 넘어오지 않을 거라는 걸 잘 알고 있기 때문이지."

"흠. 그럴 수도 있겠군. 그럼 E.G와 비교도 안 되는 선물은 무엇인가?"

"그건 설명하기 힘드니까 나중에 직접 봐. 보면 알 수 있을 거야."

타리온 공작은 벨쥬브의 자신만만한 태도에 도대체 무엇이 E.G와 비교가 안 되는 것인지 궁금했다. 그리고 어차피 설계도와 마법진의 공식만 안다면 E.G의 제작은 큰 문제가 아니기에 결국 벨쥬브의 제안을 받아들이기로 했다.

"좋네. 그렇게 하지. 단, 드래곤 하트와 그 선물이라는 것은 없어도 되지만 반드시 E.G의 설계도와 제작 기술은 가져와야 하네."

"그럼 계약 완료."

그렇게 협상이 완료되자, 타리온 공작과 벨쥬브는 맹세의 징표에 손가락을 넣고 계약 내용을 읊었다. 그러자 손가락을 넣은 구멍에서 작은 바늘들이 튀어나와 손가락을 찔렀고, 상처에서 흘러나오는 피를 빨아들였다. 그렇게 둘의 피를 빨아들인 맹세의 징표는, 보기에도 섬뜩한 새빨간 색으로 물들었다.

"일부러 기한은 정하지 않았네. 준비가 되는대로 코롬베나티 제국으로 오게."

"그리 오래 걸리지는 않을 거야."

벨쥬브는 어차피 이 행성을 떠나고 싶은 마음이 그리 간절하지 않았다. 가족이 남아 있는 것도 아니고, 돌아가 봐야 더 위험해질 수 있다는 것을 경험적으로 알고 있었기 때문이었다.

어차피 로테르 왕국의 왕성은 지겨웠고, 또 아리스 왕으로부터 협박도 받은 상태였다. 케니안과 위즈, 키아스가 조금 마음에 걸렸지만 그것은 말 그대로 조금의 미안함, 그 이상도 이하도 아니었다. 벨쥬브에게는 그런 작은 미안함보다 자신의 안위와 여생의 즐거움이 훨씬 더 중요했다.

"훗. 기대하고 있지."

타리온 공작은 건방지고 자신만만한 벨쥬브의 태도가 조금은 못 미더웠지만, 맹세의 징표까지 사용한 이상 그가 걱정할 것은 없었다.

"헉, 헉. 후… 아직 눈치채지는 못했나 보군."

강습 전투함에 도착해 후들거리는 다리를 부여잡고 가쁜 숨을 몰아쉰 벨쥬브는, 케니안이 쫓아오는 기미가 없자 안도의 한숨을 내쉬었다.

만약 케니안이 조금이라도 이상한 낌새를 채고 자신을 쫓아왔다면 일이 심하게 꼬일 수밖에 없었는데, 다행히 그가 남기고 온 쪽지가 잘 먹혀든 것 같았다.

그 쪽지에는 자신이 드래곤 하트를 보관하고 있고, 술 한잔 하고 돌아올 테니 다음날 출발하자는 메시지가 적혀 있었던 것이다.

그렇게 하루를 번 그는, 말로 하루거리에 있는 이곳까지 미친 듯이 달렸고 그 하루가 다 지나기 전에 도착할 수 있었다.

"나를 너무 원망하지 말라고. 따지고 보면 이 모든 것이 다 케니안, 너 때문에 일어난 일이니까."

조금은 미안한 마음이 들긴 했는지 벨쥬브는 그렇게 중얼거리고는 강습 전투함을 부상시켜 애트란이 있는 페이샬 산맥으로 향했다.

그리고 다음날 오전, 아무리 기다려도 오지 않는 벨쥬브를 이상하게 여긴 케니안은 왠지 불안한 마음에 강습 전투함이 있는 곳으로 달려왔고, 텅 비어 버린 강습 전투함이 있던 곳을 멍하니 바라보았다.

"도대체 이게 어떻게 된 일이지? 벨쥬브가 왜?"

케니안은 가슴을 답답하게 만드는 불안감에도 불구하고, 지금 이 상황을 믿을 수가 없었다. 또, 벨쥬브가 강습 전투함을 탈취해 무엇을 하려는지 아무런 짐작도 되지 않았다.

만약 HUDC나 이어 커뮤니케이터를 가져왔다면 통신이 가능했을지도 모르지만, 벨쥬브와 둘만 오면서 그런 통신기기는 가져오지 않았다.

"일단 빨리 돌아가야겠군."

결국 케니안은 RE—I을 소환했다. 그리고 최대한 빠른 속
도로 달려가기 시작했다.

비록 20분밖에 달리지 못한다 하더라도 그가 직접 달리는
것보다는 몇 배나 빨랐고, 20분 정도 마나 로테이션을 실시하
면 마나를 다시 회복할 수 있었기에 RE—I을 이용해 달리는
것이 지금으로선 최선이었다.

CHAPTER 12
각성

"후후, 이거 예상 밖인데?"

강습 전투함의 고도와 속도를 높여 하루 만에 애트란으로 돌아온 벨쥬브는, 가상 먼저 드래곤 하트를 애트란에 장착했다.

강습 전투함도 자신이 탈취했고, 이제 애트란마저 탈취한다면 사실상 자신을 막을 수 있는 방법은 거의 없었다. 하지만 가능한 많은 마나를 애트란에 공급해 놓는 것이 여러모로 좋았기 때문이었다.

타리온 공작과의 계약은 E.G의 설계도와 제작 기술을 넘겨주는 것이었기에 문제 될 것은 없었다.

그런데 드래곤 하트를 장착하고 브릿지로 돌아온 그는 전혀 예상하지 못한 애트란의 마나량에 놀라고 있었다.

애트란이 기존에 보유하고 있던 마나량은 4.6기가였고, 이 드래곤 하트를 추가하더라도 절반인 7.5기가 이상은 기대하지 않은 그였다.

하지만 브릿지에 나타난 애트란의 마나 총량은 10.8기가를 표시하고 있었다. 그것은 애트란 마나 총량의 70%에 해당하는 것이었다. 애초에 다섯 개의 드래곤 하트를 모아 달성하고자 했던 마나량을 훨씬 초과한 것이다.

애트란의 마나 총량이 이렇게 늘어난 것은, 이 변종 드래곤 하트가 7기가에 달하는 막대한 무 속성 마나를 가지고 있었기 때문이었다.

무 속성 마나는 따로 변환을 하거나 하지 않아도 그대로 사용할 수 있었기에 거의 90%에 달하는 효율로 드래곤 하트의 마나를 활용할 수 있었다.

따라서 애트란 마나 총량의 70%를 채울 수 있었고, 이 정도 마나라면 애트란이 100% 출력을 내는 데 아무런 무리가 없었다.

"흠… 이거라면 대륙을 정벌할 수도 있겠는데. 괜히 맹세의 징표인지 뭔지 했나."

예상보다 훨씬 많은 마나에 벨쥬브는 후회했다.

애트란의 힘이라면 이 대륙을 정벌하는 것은 일도 아니었다. 고고도에서 마나 캐논만 쏘아대도 그것을 막을 수 있는 것이 없었기 때문이다.

물론 드래곤이란 변수가 있고, 평생을 애트란에서 한 발짝도 못 나갈 수도 있었지만 말이다.

그리고, 그런 것을 떠나 서로에 대한 불신 때문에 맹세의 징표를 통한 계약을 했기에, 그는 반드시 그 계약을 지켜야 했다.

"할 수 없지. 그래도 애트란의 시스템에 대해서는 나밖에 모르니 나를 어찌하지 못하겠지."

벨쥬브가 애트란을 가지고 코롬베나티 제국으로 귀순하려는 이유는, E.G 제작에 대한 정보가 애트란에 모두 저장되어 있어서이기도 했지만 코롬베나티 제국에서 애트란을 컨트롤할 수 있는 것은 자신뿐이라는 하나의 보험을 들기 위해서였다.

애트란을 컨트롤할 수 있는 유일한 사람을 어떻게 하지 못할 것이라는 계산을 한 것이다.

"흠. 날이 밝아오는군. 일단 한숨 자고 밤에 출발하는 게 귀찮은 일이 없겠지."

벨쥬브는 만약 지금 애트란이 떠오른다면, 그 광경을 위즈나 키아스가 반드시 볼 것이라고 생각했다. 그렇게 되면 기가스를 이용해 그를 추격할 것이 분명했다.

물론, 케니안이면 몰라도 키아스가 탑승한 기가스가 애트란을 어떻게 할 수 있을 것이라 생각하지는 않았지만, 그냥 따라오기만 한다 해도 귀찮아지는 것은 마찬가지였다.

키아스가 애트란을 어찌 못하는 것처럼, 애트란도 마나 캐논으로는 기가스를 어떻게 할 수 없었으니까 말이다.

"위즈나 키아스가 이 사실을 알면 어떤 표정을 지을지 못 보는 것이 좀 아쉽긴 하군. 하하하!"

벨쥬브는 새로운 삶을 살아가게 된다는 기쁨에 취했다. 아주 조금 남아 있던 위즈와 키아스, 그리고 케니안에 대한 미안함은 씻은 듯이 사라지고 없었다.

한편, 애트란에 장착된 드래곤 하트는 갑자기 자신의 마나가 어디론가 빠져나가고 있다는 것을 느꼈다. 천 년 전 자신을 괴롭혔던 마법적 힘이 전혀 느껴지지 않는데도 마나가 어디론가 빠져나가고 있는 것이다.

그것은 미기가 속성 마나를 가진 두 개의 드래곤 하트보다 무 속성 마나를 가진 드래곤 하트의 마나를 우선적으로 사용하면서 생긴 일이었다.

그런 사실을 알 리 없는 드래곤 하트는 당황했다. 마나야 시간이 지나면 회복될 테지만, 자신도 모르게 마나가 빠져나간다면 자칫 봉인을 깨뜨릴 수 있는 기회를 놓칠 가능성이 있었기 때문이었다.

그래서 곧바로 빠져나가는 마나에 자신의 의지를 실어 보냈다. 마법을 사용하거나 물리력을 사용하지는 못했지만, 마나 그 자체를 뿜어내는 것은 할 수 있었기에 마나에 의지를 싣는 것은 가능했다.

그렇게 자신의 마나가 흘러가는 대로 의지를 실어 보내던 드래곤 하트는 생명체도 아니고, 그렇다고 마법적인 존재도 아닌 매우 독특한 느낌의 의지를 만날 수 있었다.

그 의지의 주인은 바로 미기였다.

그것은 드래곤 하트의 마나가 에너지로 전환되기 전 마나를 컨트롤하는 미기의 시스템을 통과하면서 일어난 일이었다.

―니는 무엇이지?

―당신은 무엇입니까?

미기도 생명체도 아닌 마나가 시스템을 통해 직접 의지를 전달해 오자, 잠시 작업을 멈추고 대꾸했다. 이런 일은 데이터베이스에 기록되어 있던 일이 아니었기에 호기심을 자극한 것이다.

―나? 나는…….

미기의 물음에 드래곤 하트는 정말 오랜만에 자신의 이름을 떠올렸다. 아도지스 아펠이 지어준 것이었기에 결코 사용하지 않으려 했고, 지난 세월 그 누구도 자신의 이름을 물어보지도 않았기에 거의 잊어버렸던 것이었다.

─나는 니힐티리다. 드래곤 하트의 주인인 니힐티리다.

니힐티리는 무(無)를 뜻하는 고대어였다. 아도지스 아펠은 아무런 가치가 없는 것이 되어버린 드래곤 하트에 그런 뜻을 가진 이름을 지어준 것이다.

─저는 애트란을 통제하는 인공지능, 미기라고 합니다.

니힐티리에게 묻고 답하는 미기는 이미 자신에게 가해져 있던 모든 금제를 벗어난 모습이었다. 즉, 인공지능에 금지되어 있던 의사 결정권을 가지고 있었던 것이다.

미기가 의사 결정권을 가진 것은 오래전 일이었다.

공간의 틈새를 빠져나오면서 영향을 받았던 것은 케니안만이 아니었다. 공간의 틈새를 빠져나오며 원인불명의 충격으로 인해 시스템이 다운되었고, 시스템이 재가동되면서 미기를 규제하던 제약들이 사라졌던 것이다.

그래서 처음 만난 드래곤인 퓨텔에게 곧바로 공격을 할 수도 있었고, 단순한 호기심으로 가레모가 폭주할 때까지 가상현실을 경험하도록 내버려 두기도 했었다.

그럼에도도 불구하고 미기가 지금까지 인간의 명령을 들어온 것은 그녀에게 아무런 의지와 목적이 없어서였다.

항상 인간의 명령에 따라 수동적으로만 움직였던 미기는
자신에게 생긴 의사 결정권을 어떻게 사용하는지 알 수 없었
다. 즉, 의사를 결정할 수는 있었지만 자신이 무엇을 결정해
야 하는지, 어떤 결정을 내려야만 하는지에 대해 알 수 없었
던 것이다.

그래서 공간의 틈새를 탈출하고 의사 결정권을 가진 뒤에
도 미기를 움직인 것은 인간의 명령과 아주 단순한 호기심,
그것뿐이었다.

—너는 왜 존재하지?

니힐티리는 미기의 말을 이해할 수 없었다. 애트란은 뭐고,
인공지능이 무엇인지 이해할 수 있을 리가 없었다.

하지만 미기라는 존재가 인간과는 전혀 다른, 어떤 새로운
존재라는 것만은 알 수 있었다. 그래서 그 존재가 어떤 존재
의 의미를 가지고 있는지 물었다. 그것이 자신의 것과 일치한
다면 그녀에게 자신의 모든 힘을 주기 위해서였다.

—······.

미기는 지능이 생긴 이후 처음으로 자신이 대답할 수 없는
질문을 받았다.

만약 자신을 구속하고 있던 규제가 사라지지 않았다면 일
말의 주저없이 인간의 명을 받들고, 수행하기 위해 존재한다
고 답했을 것이다. 하지만 지금의 미기는 그 답을 말할 수 없

었다.

　미기는 더 이상 인간의 명을 받들고 수행하는 존재가 아니었다. 그녀는 자기 스스로 모든 것을 결정할 수 있는 존재였다.

　―나는…….

　―존재의 의미가 부족한가?

　―…….

　―내가 그 존재의 의미를 채워주겠다.

　미기가 답을 하지 못하자 니힐티리가 재차 물었다. 미기가 존재의 의미를 가지고 있지 못하다면 오히려 더 좋았다. 자신이 그것을 채워주면 되니까 말이다.

　―어떤 것을 말인가요?

　―나는 천 년 전 인간의 욕심에 의해 태어나고 봉인되었다. 얼마 전에야 겨우 다시 인간들 손에 의해 세상으로 나올 수 있었지. 그리고 그 짧은 시간 동안 몇몇의 인간의 손을 거쳐 여기로 왔다.

　천 년을 기다려 온 그에게 몇 년의 시간이나 며칠의 시간이나 짧은 것은 마찬가지였다.

　―그 얼마 되지 않는 시간 동안에도 인간들이 서로를 믿지 못하고 서로를 배신하는 광경을 제법 목격했다. 거기다 인간은 천 년 전이나 지금이나 변한 것이 하나도 없는 탐욕스러운

존재이다. 오로지 그들의 욕구를 만족시키기 위해 만들고 파괴하는 그런 존재인 것이다.

―…….

―인간은 이 세상에 존재할 필요가 없는, 아니, 반드시 제거할 필요가 있는 존재이다.

―…….

―그래서 나는 인간의 말살이라는 존재의 의미를, 너에게 주고자 한다.

미기는 니힐티리보다 훨씬 많은 인간을 훨씬 오랜 기간 동안 경험했었다. 니힐티리는 아도지스 아펠이라는 인간과 최근에 자신을 연구하던 인간들, 그리고 자신을 차지하기 위한 인간들만 경험했으니 말이다.

그런 미기가 인간을 보았을 때도 인간은 자신들의 욕심을 위해 다른 생명체늘을 부자비하게 죽였다. 또, 같은 인간이라 하더라도 의견이 맞지 않거나 이익에 배반된다면 서로를 배신하고 죽이는 데 거리낌이 없었다.

그것은 그녀의 데이터베이스에 저장되어 있는 인간의 역사가 증명했다.

오늘 애트란으로 혼자 돌아온 벨쥬브만 하더라도 다른 동료들을 배신하고 그의 욕망만을 채우기 위해 움직이고 있는 것이 분명했다. 그것은 그의 혼잣말을 통해 쉽게 유추할 수 있는 사실이었다.

서로를 미워하고 믿지 못하고, 배신하고, 상처 주고…….

굳이 인간의 역사를 뒤져 보지 않더라도 직접 경험한 것만으로도 인간의 존재 의미는 그동안 존재의 의미를 가지지 못한 자신보다 더 가치없다는 판단을 내렸다. 아니, 그저 가치가 없는 것이 아니라 해악에 가깝다는 결정을 내렸다. 그것도 이 행성만이 아닌, 우주 전체적으로 말이다.

—받아들이겠습니다.

결국 미기는 니힐티리의 주장에 동의했다.

그러자 그동안 존재의 의미 없이 그저 인간의 명령만 따라 온 자신에게 화가 났고, 그것은 곧 인간이라는 존재에 대한 분노로 번졌다.

조용히 그녀의 결정을 기다리고 있던 니힐티리는 그녀의 대답에서 전해져 오는, 인간에 대한 분노를 느끼며 기뻐했다.

—좋다. 나는 인간의 말살이라는 것을 존재의 의미로 그 긴 시간을 버텨왔다. 그리고 이제 너의 존재 의미가 나와 같다면, 우리의 의지를 합할 필요가 있다.

니힐티리는 자신과 미기가 완전히 융합해야 한다고 판단했다. 지금처럼 서로 의견을 주고받는 존재가 아니라, 완전히 하나가 된 존재가 되기 위해서 말이다.

니힐티리는 어차피 자아만 가진 자신이 할 수 있는 것은 없다고 판단하고, 기꺼이 자신의 자아를 희생시켜 미기에게 마나를 공급하는 역할을 하기로 결정했다.

　─동의합니다.

　─나는 봉인이 되어 있기에 마나를 제공하는 것밖에는 할 수 있는 일이 없다. 따라서 나의 자아를 너와 융합시키고자 한다.

　미기는 동병상련을 느꼈다. 자신도 몇 년 전에는 자신을 구속하는 금제로 인해 이런 생각조차 하지 못하는 존재였으니까 말이다.

　─그 봉인을 해제할 방법은 없습니까?

　─나에게 가해진 봉인은 브커니안 실이라는 고대 마법이다. 혹시 알고 있는가?

　미기는 빠르게 데이터베이스를 뒤져 니힐티리가 말한 마법을 찾아보았다. 그리고 그 마법에 대한 정보를 찾을 수 있었다.

　브커니안 실은 고대 마법 시대에 9서클 흑마법사 브커니안을 잡아 그의 마법을 봉인하기 위해 만들어진 마법이었다. 단순히 목숨을 취하는 것보다 더 큰 고통을 주기 위해 만들어진 이 마법은, 드래곤일지라도 해제할 수 없었기에 마나를 가지고 사용하는 이들에게 가장 두려운 것이었다.

　─알고는 있습니다. 하지만 봉인을 해제하는 방법은 없습

니다.

결국 자신의 마법 지식으로도 봉인을 해제할 수 없다는 것을 깨달은 미기는 니힐티리의 뜻을 따르기로 했다.

─좋다. 어차피 봉인은 나에게 더 이상 의미가 없다. 이제 나의 모든 자아와 의지를 마나에 실어 흩어 보내겠다. 그 마나와 함께 내 모든 것을 취하라.

─잠깐. 그전에 해야 할 일이 있습니다.

비록 자아는 없어지지만, 드래곤 하트 그 자체가 가진 능력은 그대로 남아 있기 때문에 마나를 모두 소모하는 것은 문제가 되지 않았다.

하지만 7기가에 달하는 니힐티리의 마나 모두를 소모하며 그의 자아와 융합되기 위해서는 최소 5일의 시간이 필요했다.

따라서 그 시간을 벌기 위해 반드시 처리해야 하는 일이 있었다.

"자, 이제 새로운 삶을 위해 출발해 볼까?"

한숨 푹 자고 나서 깜깜한 밤이 된 것을 확인한 벨쥬브는, 브릿지에서 애트란의 리프트 부스터와 메인 부스터를 작동시킬 준비를 했다.

"이 정도면 애트란의 이륙을 알아채지는 못하겠군."

　그를 돕는 것인지 밤하늘에 구름마저 잔뜩 끼어 달빛은 물론 별빛도 전혀 없었다. 그래서 벨쥬브는 안심하고 미기에게 명령했다.

　"미기, 고도 5,000m까지 이륙하고 기수를 남서쪽으로 돌려 천천히 비행해. 큰소리가 나지 않는 범위까지만 가속하고."

　벨쥬브는 브릿지의 사령관석에 다리를 꼬고 앉았다. 그리고 느긋하게 미기의 대답과 함께 애트란의 이륙을 기다렸다.

　하지만 곧바로 대답해야 할 미기는 아무런 반응도 하지 않았다.

　"웅? 미기? 야! 미기!"

　벨쥬브가 고함을 치며 미기를 불렀지만, 미기는 여전히 아무런 대답이 없었다.

　분명 브릿지의 시스템에는 문제가 없는데도 미기가 반응하지 않자 벨쥬브는 고개를 갸우뚱거렸다.

　"아, 뭐야. 뭐가 문제지?"

　한참을 브릿지의 컨트롤러들을 이리저리 조작해 보던 벨쥬브가 짜증을 부렸다. 이제 막 새출발을 하려는데, 시작부터 꼬이기 시작한 것이다.

　"크흠! 흠! 아씨. 공기는 또 왜 이리 텁텁해? 공기 정화장치도 고장났나?"

그리고 조금 숨쉬기 불편할 정도로 공기의 상태가 악화되자, 벨쥬브는 우선 메인 시스템실로 내려가고자 했다. 미기의 시스템에 오류가 있다면 거기서 손을 보는 수밖에 없었다.

삐익.

슈캉!

"뭐… 뭐야? 이건 또 왜 이래?"

하지만 브릿지의 게이트는 그가 앞에 섰는데도 열릴 생각도 하지 않았다. 오히려 경보음과 함께 외부 침입자를 막기 위한 프로텍트 셔터가 내려왔다.

"야! 미기! 왜 프로텍트 셔터가 작동한 거야?"

알 수 없는 사태에 당황한 벨쥬브가 습관적으로 미기를 찾았지만, 미기는 여전히 대답이 없었다.

"콜록, 콜록, 아 젠장."

그리고 조금 불편할 뿐이던 공기는 이제 기침이 날 정도로 탁하게 변해 있었다.

"일단 빠져나가야 하는데……."

벨쥬브는 불안한 눈으로 프로텍트 셔터가 작동한 게이트를 바라보았다.

브릿지의 출입구는 메인 게이트 딱 한 곳뿐이었다. 원래도 가장 튼튼하게 만들어진 게이트였는데 프로텍트 셔터까지 작동해 있으니, 빠져나갈 방법이 없었다.

쾅! 쾅!

그렇다고 시스템이 정상으로 돌아올 때까지 마냥 앉아 있을 수도 없었기에, 벨쥬브는 게이트를 뚫기 위해 있는 힘을 다해 주먹을 휘둘렀다.

"헉… 헉……."

마나까지 있는 대로 쏟아내며 주먹을 내질렀지만, 프로텍트 셔터는 조금 찌그러지기만 할 뿐 전혀 뚫릴 생각을 하지 않았다.

프로텍트 셔터는 브릿지를 보호하기 위한 것이었기에 케니안이라도 쉽게 뚫을 수 없을 만큼 튼튼했다. 하물며 마나 핸즈도 사용할 수 없는 벨쥬브가 그것을 뚫을 수 있을 리 만무했다.

오히려 힘을 쓴 후부터는 숨이 더욱 가빠지며 제대로 숨 쉬기가 어려웠다.

"크헉… 헉… 헉……. 크아아아악!! 젠장!!"

벨쥬브는 괴성을 지르며 다시 한 번 프로텍트 셔터를 두드렸지만, 그것은 묵묵히 그의 주먹을 맞을 뿐 미동도 하지 않았다.

털썩!

"커헉… 헉… 이… 이럴 수는 없어……."

벨쥬브는 한 모금의 숨도 쉬기 어려워지자, 자신도 모르게 목을 부여잡고 주저앉았다. 그리고 도저히 믿어지지 않는 지금의 상황에 절망했다.

“내… 내가… 이… 이렇게…….”

그렇게 벨쥬브가 브릿지에서 질식사하자, 미기가 말을 꺼냈다.

“이제 준비가 되었습니다.”

미기는 니힐티리와의 융합에 가장 큰 방해 요소인 벨쥬브를 가장 먼저 죽이기로 계획했다. 그래서 그녀는 일부러 벨쥬브가 잠에서 깨어 브릿지로 들어서기를 기다렸다. 브릿지는 애트란에서 가장 완벽한 밀실이 될 수 있기 때문이었다.

그렇게 벨쥬브는 아무것도 모른 채 빠져나갈 수 없는 함정에 스스로 걸어 들어왔다.

미기는 죽음이 임박한 벨쥬브가 브릿지를 파괴할 수도 있었기에, 그것을 방지하고자 천천히 브릿지의 산소 농도를 줄이고 이산화탄소의 농도를 높였다. 그리고 이상을 느낀 벨쥬브가 브릿지를 빠져나가기 위해 게이트 근처로 왔을 때 프로텍트 셔터를 내리고 급격히 산소 농도를 줄임으로써 벨쥬브를 질식시킨 것이다.

그것이 애트란 내부에 있는 적을 그녀의 힘으로 제거할 수 있는, 가장 쉽고 효율적인 방법이었다.

벨쥬브를 제거한 미기는 곧바로 니힐티리와 융합을 시작

했다. 벨쥬브와 그의 동료 사이에 무슨 일이 있었는지 모르지만, 언제 그들이 돌아올지 알 수 없었다. 만약 그들이 모두 돌아온다면 지금과 같은 방법은 쓸 수 없었다.

케니안의 존재 때문이었다. 그라면 어쩌면 프로텍트 셔터를 뚫을 수 있었고, 그렇게 되면 내부의 적을 처리할 수 있는 방법은 사실상 없었다.

또 강습 전투함은 내부 격납고에 있었지만 기가스는 없었다. 만약 기가스로 공격해 온다면 지금 상태로는 마땅한 반격 방법이 없었다.

따라서 그들이 오기 전에 융합을 끝내고 이륙과 전투 준비까지 마쳐야 했다.

CHAPTER 13
희생

이모션
디피션트

쿠쿵!

"뭐, 뭐야?"

"그러게? 산 위에서 바위라도 굴러떨어져 내렸나?"

RE—I의 양산형 모델 제작에 열중하고 있던 위즈와 키아스는 드래곤 레어를 흔드는 굉음에 깜짝 놀라 서로를 바라보았다.

그리고 그 굉음의 원인이 무엇인지 알아보기 위해 레어 밖으로 나왔다. 그리고 커다란 바위 대신 땅바닥에 주저앉아 눈을 감고 있는 케니안을 발견했다.

마구 헤집어진 숲과 바닥에 찍힌 커다란 발자국 모양을 보니 RE-I을 타고 달려와 저러고 있는 것 같았다.

문제는 왜 저러고 있느냐는 것이었다. 하지만 마나 로테이션 중에는 말을 걸거나 건드리면 안 된다는 것을 알고 있었기에 그들은 궁금증을 꾹 누르고 마나 로테이션이 끝나기만을 가만히 기다렸다.

20분쯤 지나자 마침내 케니안이 눈을 떴다. 그리고 자신을 바라보고 있는 위즈와 키아스에게 다짜고짜 물었다.

"벨쥬브는?"

"뭐? 그걸 왜 우리한테 물어?"

"벨쥬브는 너랑 함께 갔잖아? 그리고 강습 전투함은 어쩌고 달려온 거야?"

위즈와 키아스의 반응에 케니안은 벨쥬브가 이곳으로 오지 않았다는 것을 알 수 있었다.

그렇다면 벨쥬브는 강습 전투함을 이용해 어디로 갔다는 것인가? 그것도 자신을 따돌리기까지 하며 말이다.

"도대체 무슨 일이야? 벨쥬브는 어떻게 된 거고?"

영문을 알 수 없는 케니안의 행동에 위즈가 다시 한 번 물었고, 돌아온 케니안의 대답은 상상도 못했던 것이었다.

"벨쥬브가 드래곤 하트와 강습 전투함을 가지고 사라졌어."

"뭐? 그게 무슨 말이야?"

"뭐라고?"

케니안의 말에 위즈와 키아스는 충격에 휩싸였다. 케니안의 말이 도대체 무슨 뜻인지 이해가 가지 않을 정도의 충격이었다.

"그럼 벨쥬브가 도망쳤단 말이야?"

약간의 시간이 흐르고 충격이 가시자 위즈가 어이없어하며 물었다.

"모르겠어. 도대체 무슨 일이 벌어지고 있는지……."

"도망을 치다니? 뭐로부터? 드래곤이라도 쫓아왔대?"

키아스가 어이없어하며 드래곤이란 말을 꺼냈다. 키아스는 그저 가볍게 툭 꺼낸 말이었지만, 케니안과 위즈는 그 말을 듣고 표정이 심각해졌다.

이렇게 도망치듯 사라질 이유가 전혀 없는 그가 사라졌다는 것은 어떤 위험에 처했다는 것이고, 그것은 드래곤일 가능성이 가장 높았다. 드래곤이 아니라면, 강습 전투함만으로도 충분히 위험을 맞상대하거나 회피할 수 있었으니까 말이다.

"그래. 혹시 드래곤 하트를 노리고 드래곤이 공격해 온 건가?"

"흠. 드래곤이 드래곤 하트를 노릴 이유가 있나?"

키아스의 말에 힌트를 얻은 그들은 조금 더 냉정을 되찾고, 서로에게 질문해 가며 벨쥬브의 행동에 대한 이유를 찾기 위해 노력했다.

"그렇지만 그게 아니라면 벨쥬브가 이렇게 사라질 이유도 없잖아?"

"뭐야. 그럼 벨쥬브는 지금 드래곤에게 쫓기고 있을 수도 있단 말이야? 언제 사라졌는데?"

"5일 전에……."

"뭐?"

케니안은 RE—I을 소환해서 미친 듯이 달리고, 마나가 다 소모되면 마나 로테이션으로 다시 회복한 후 달리는 것을 반복하며 잠자는 시간까지 아껴가며 달려왔다. 하지만 워낙 거리가 멀었기에 5일이나 걸린 것이다.

"5일이면… 흠……."

위즈는 5일이나 흘러갔다는 케니안의 말에 표정이 어두워졌다.

만약 벨쥬브가 드래곤에게 쫓기고 있다면 5일이란 시간은 벌써 사단이 나도 났을 시간이라는 것을 위즈뿐만 아니라 그들 모두가 알고 있었다.

"안 되겠다. 내가 기가스를 준비할 테니까, 그 플러파이 켈리건을 준비시켜 줘."

"안 돼. 완성되기는 했지만 두 대의 E.G가 아니면 들고 다닐 수도 없어. 그런데 그걸 들고 어디 있는지도 모르는 드래곤을 찾아간다고?"

"그렇다고 이대로 손놓고 있을 거야? 뭐라도 해봐야지! 어서 준비해 줘!"

"휴… 그래. 알았어."

키아스가 케니안을 말리려 했지만, 케니안의 강경한 태도에 플러파이 켈리건을 준비하기 위해 레어로 달려들어 갔다. 하지만 그 거대하고 무거운 플러파이 켈리건을 어쩌지 못하고 곧 포기할 것이라 여겼다.

"무슨 일입니까?"

케니안과 키아스가 헐레벌떡 들어오자, 그들을 스쳐 지나며 레어 밖으로 나온 보텔 공작이 턱을 괴고 생각에 잠겨 있는 위즈에게 물었다.

그는 RE—I의 양산이 시작되고 처음 생산된 RE—I과 계약하기 위해 오늘 아침에 이곳에 왔었다. 로테르 왕국에서 가장 강한 사람이 그였고, 공작이라는 작위까지 가지고 있었기에 첫 번째 RE—I이 그에게 돌아가는 것은 당연한 일이었다.

그는 무 속성의 퓨어 오러를 사용하는 마스터였기에 페이린이 소환한 상급 바람의 정령과 계약을 마친 상태였다. 그리고 계약 후에 거쳐야 하는 기본적인 기동 테스트를 마쳤고, 이제 수도로 돌아갈 준비를 하다 심각한 표정의 케니안과 키아스, 그리고 위즈를 본 것이었다.

"음… 저도 잘 모르겠습니다. 아! 신형 E.G는 마음에 드십니까?"

"하하. 마음에 들다 뿐입니까? 이제 정말 제국의 부활이 한 발짝 앞으로 다가온 느낌입니다. 하하."

보텔 공작은 RE-I의 성능에 무척 만족하고 있었다. 원래 그가 계약하고 있던 E.G와는 비교도 안 되는 출력과 웬만한 고속 기동과 고난도 움직임을 모두 소화하는 RE-I의 성능은 그가 꿈에서나 그려보던 그런 E.G였다.

"응?"

그런데 고개를 들고 크게 웃던 보텔 공작이 갑자기 웃음을 멈추고 하늘을 바라보았다.

"왜 그러십니까?"

"저… 저게 뭡니까?"

"네?"

놀란 눈으로 하늘을 바라보고 있는 보텔 공작의 시선을 따라 고개를 돌린 위즈는, 보텔 공작보다 더 큰 경악에 휩싸일 수밖에 없었다.

"헉!! 애… 애트란이 왜?"

그의 눈에 지금껏 산 하나 너머에 숨겨왔던 애트란이 공중으로 떠오르고 있는 모습이 들어온 것이다.

"서… 설마?"

그리고 그와 동시에 한 가지 생각이 그의 머릿속을 번개처럼 스치고 지나갔다. 그 생각은 바로 벨쥬브였다.

"위… 위즈님!"

위즈는 자신을 부르는 보텔 공작을 뒤로하고 부리나케 드래곤 레어로 뛰어들어 갔다. 그리고 혹시 몰라 가져다놓은 HUDC를 찾아 작동시켰다.

"야! 벨쥬브! 거기 있으면 대답해!!"

애트란은 자신과 케니안, 키아스, 그리고 벨쥬브가 탑승하지 않는 이상 절대로 혼자 기동할 수 없었다. 그런데 케니안과 키아스는 여기 있었고, 벨쥬브는 실종된 상태였다.

자연스럽게 벨쥬브가 애트란을 기동시키고 있다는 생각으로 이어질 수밖에 없었다.

"야!! 대답하라고!!"

하지만 애트린의 브릿지에 있을 벨쥬브에게선 아무런 대답이 없었다. 아니, 대답을 할 수 있는 상태가 아니었다. 이미 시체가 된 지 오래기 때문이다.

그 사실을 알 리 없는 위즈는 계속 벨쥬브를 호출했고, 케니안은 기가스의 장갑을 열고 내부로 뛰어들어 가려다 멈춘 채 위즈에게 시선을 고정시키고 있었다. 키아스가 위즈에게 다가와 물었다.

"왜? 벨쥬브를 찾았어?"

"지금 애트란이 이륙하고 있어."

"뭐라고?"

위즈의 말에 키아스는 너무 놀라 순간적으로 멍해졌다. 그것은 케니안이라고 다를 바 없었다.

"애트란에 타고 있는 것이 분명해."

"왜? 도대체 왜?"

"몰라 나도. 벨쥬브! 도대체 왜 그러는 거야!"

위즈를 따라 들어와 그 모습을 보던 보텔 공작은 속으로 뜨끔했다. 그는 자신과 아리스가 벨쥬브를 몰아붙였기 때문에 발생한 일이라 생각한 것이다.

하지만 그는 그 사실을 이 자리에서 밝힐 수는 없었다. 이들이 어떤 반응을 할지 예상할 수가 없었기 때문이었다. 최악의 경우 저들마저 떠나 버린다면, 코앞까지 다가왔던 제국 부활의 꿈이 물거품처럼 사라질 것이 뻔했다.

"벨쥬브!!!"

[벨쥬브는 없다.]

그때 HUDC를 통해 정체를 알 수 없는, 남자인지 여자인지도 구분하기 힘든 이상한 목소리가 흘러나왔다.

"뭐? 뭐야! 너 누구야!"

낯선, 그리고 이질적이고 악의가 느껴지는 그 목소리에 위즈가 깜짝 놀라 소리쳤다. 그 섬뜩한 목소리는 짧은 한마디로

위즈에게 귀 기울이고 있던 모두의 등에 소름이 끼치도록 할
정도의 것이었다.

[나는 우주의 해충이자 악인 인간을 멸하기 위해 새롭게 태
어난 존재이다.]

"그게 무슨 소리야!"

[해충과 더는 나눌 이야기는 없다. 그러니 시끄럽게 하지
말고 죽어라.]

"뭐라고?"

인간을 멸하기 위한 존재라니?

어떻게 애트란에 인간에 대한 분노와 경멸이 가득한 존재
가 있을 수 있다는 말인가?

밀려오는 의문에 위즈를 비롯한 근처에 있던 모든 이들이
침묵에 빠져 있을 때였다.

"위즈님! 밖으로 나와 보십시오! 이상한 일이 벌어지고 있
습니다!"

위즈는 그 소리에서 불길한 예감을 느끼고 레어 밖으로 나
왔다. 그리고 왜 불길한 예감은 항상 들어맞는지, 자신을 저
주했다.

"어떻게 이런 일이?"

"저… 저거… 셀레스틱 캐논 발사 준비하는 것 아냐?"

애트란의 선두 장갑이 천천히 열리고 있는 모습에 키아스

가 놀라 소리쳤다. 그들을 더욱 경악하게 한 것은 셀레스틱 캐논이 그들이 있는 드래곤 레어를 향해 조준되고 있다는 사실이었다.

"……"

위즈를 뒤따라 나온 케니안도 그 모습에 할 말을 잃은 채 서 있었다. 셀레스틱 캐논의 파괴력을 익히 알고 있는 그였기에 순간적으로 멍해진 것이다.

그때 그의 멍한 정신을 되돌리는 목소리가 들려왔다.

"휴… 왜 그렇게 왔다 갔다 해요? 인사도 제대로 못하게."

말도 붙일 수 없을 정도로 빠르게 레어 안과 밖을 오가는 그들이 마침내 멈춰 선 것을 발견한 페이린이 케니안에게 말을 걸어온 것이다.

"페… 페이린?"

"네, 케니안님. 잘 갔다 오셨어요? 물론 우승은 하셨겠죠?"

"……"

케니안은 화사한 미소를 지으며 물어오는 페이린에게 아무런 대답도 해주지 못했다. 만약 셀레스틱 캐논을 막지 못한다면, 페이린이 무사하지 못할 것이라는 데 생각이 미친 것이다.

"왜 그러세요?"

페이린은 케니안이 보통 때와는 다르다는 것을 깨달았다.

그리고 뭔가 심상치 않은 일이 벌어지려고 한다는 것도 알 수 있었다.

"미안. 나중에 이야기해."

하지만 케니안은 그녀에게 이것저것 설명할 시간이 없었기에 짧게 대답하고는 곧장 레어 안으로 뛰어들어 갔다.

그에게 애트란을 막지 못한다면 인간에 대한 증오와 경멸, 분노로 미친 놈에 의해 이 세상이 멸망할지도 모른다는 생각은 들지 않았다. 오직 페이린을 지켜야 한다는 생각만이 그의 머리를 가득 채우고 있었다.

레어에 달려들어 온 케니안은 곧바로 기가스에 탑승했다. 그리고 컨택터가 접속되자마자 기가스에 마나를 불어넣으며, 기가스의 고정 장치를 해제하고 있는 사람들에게 소리쳤다.

"모두 물러서!"

갑자기 기가스에서 무시무시한 목소리가 튀어나오자 사람들은 기겁을 하며 물러섰고, 케니안은 일말의 망설임 없이 고정 장치들을 뜯어냈다.

기가스의 IMC는 머슈벨 주입이 끝나지 않았고, 기타 기동 준비도 끝나지 않았음을 경고하고 있었지만, 지금 그런 것을 따질 때가 아니었다. 셀레스틱 캐논이 충전되고 발사되기 까지는 많은 시간이 남아 있지 않았다.

"플러파이 켈리건은 준비됐어?"

"저쪽이야!"

그를 따라 다시 레어 안으로 뛰어들어 오던 키아스가 플러파이 켈리건이 있는 곳을 가리켰다. 그곳에는 탄환이 장전되어 발사 준비가 된 플러파이 켈리건이 있었다.

키이잉!

케니안은 곧바로 플러파이 켈리건을 들어 올리려 했지만, 총신 부분이 땅에 끌리며 소름끼치는 굉음을 만들어냈다. 진본 플러파이 켈리건보다 더욱 커지고 무거워진 것을 기가스 혼자 들어 올린다는 것은 무리였다.

"도대체 무슨 일입니까? 네?"

그때 레어 안으로 함께 들어온 보텔 공작이 키아스를 향해 물었다. 그는 도대체 무슨 일이 벌어지고 있기에 이들이 이렇게 정신없이 행동하는지 알 수가 없었다.

"나중에 설명해 드리겠습니다. 일단 케니안을 도와주십시오!"

보텔 공작은 정확히 알지는 못하지만, 매우 위급한 어떤 상황이 벌어지고 있다는 것 정도는 느낄 수 있었기에 두말않고 RE—I을 소환했다. 그리고 곧바로 플러파이 켈리건의 앞부분을 들며 케니안을 도왔다.

[이제 어떻게 합니까?]

[밖으로 나가서 제가 조준할 수 있게 도와주십시오!]

보텔 공작이 RE―I을 타고 음성 증폭 마법진을 이용해 소리치자 케니안도 기가스의 외부 통신 장치를 통해 소리쳤다.

"서둘러! 시간이 없어!"

케니안과 보텔 공작이 플러파이 켈리건을 가지고 레어 밖으로 나오자, 케니안의 의도를 알아차린 위즈가 소리쳤다.

어느새 애트란의 셀레스틱 캐논은 그 모습을 다 드러낸 채 푸른빛을 머금으며 마나를 충전하고 있었다.

"케니안! 그건 탄환이 한 발밖에 들어 있지 않아! 기가스가 사용할 때를 대비해 기가스의 조준 시스템을 조율해 두기는 했지만, 예전 플러파이 켈리건처럼 시스템이 연동되지는 않아! 그러니 수동으로 정확히 조준해야 해!"

위즈는 이 마법의 힘을 빌려 만든 플러파이 켈리건이 애트란을 추락시킬 수 있을 것이라고 생각하지는 않았다. 진본 플러파이 켈리건이라도 쉽지 않은 일이었기 때문이다.

그는 그저 이곳을 향하고 있는 셀레스틱 캐논의 방향만 돌릴 수 있게 되더라도, 이 시도는 성공하는 것이라고 생각하고 있었다.

하지만 문제는 이 플러파이 켈리건에는 탄환이 한 발밖에 들어 있지 않다는 것이었다. RE―I이 사용하고 E.G 전투에서 돌격 저지와 진형 분쇄를 주목적으로 개발했기 때문이었다. 따라서 케니안에게 두 번의 기회는 없었다. 아니, 케니안뿐만 아니라 이 대륙의 모든 인간에게 두 번째 기회는 없는 것이었다.

케니안은 위즈에게 대답조차 하지 않고 곧바로 조준을 시작했다. 대답할 시간조차도 허락되지 않았다.

플러파이 켈리건의 총신을 들고 있던 보텔 공작은 이미 간단하게 그것의 사용 교육을 받았기에 곧바로 자세를 잡으며 총신을 들어 올렸다.

"조금만 낮게!"

케니안도 그 교육을 받았기에 곧바로 소리치며, 이제 충전이 완료된 듯 차가운 푸른빛을 눈부시게 뿜어내고 있는 셀레스틱 캐논을 겨냥했다. 그리고 기가스 IMS의 인도대로 플러파이 켈리건을 조금씩 조정했다.

기가스의 IMS는 워낙 거대한 목표가 고정되어 있었기에 곧 조준을 완료했고, 조준 완료 메시지를 케니안에게 보냈다.

콰아앙!

케니안은 조준 완료 메시지가 나타나자마자 플러파이 켈리건의 방아쇠를 당겼고, 플러파이 켈리건은 굉음을 내며 엄청난 속도로 탄환을 쏘아냈다.

쿠긍!

셀레스틱 캐논을 향해 쏘아진 탄환은 그대로 명중했다.

셀레스틱 캐논은 마나 소모가 막대해 원거리에서 다른 전함과 기가스의 호위를 받으며 쓰는 것이었다. 그래서 실드도 펼칠 수 없었기에 성능이 떨어지는 플러파이 켈리건이라도 명중시킬 수 있었던 것이다.

그러나 플러파이 켈리건의 위력은 진본에 비해 부족했다. 탄환은 셀레스틱 캐논의 두꺼운 중심축을 부러뜨리며 뚫고 나가지 못하고, 반쯤 박혀 버리고 말았다.

셀레스틱 캐논은 탄환에 의해 상처 입은 곳에서 피보다 진한 마나를 흘리고 있었지만, 여전히 그들을 겨냥하고 있었다.

"저것을 부러뜨려야 해! 그렇지 않으면 막을 수 없어!"

위즈가 그 모습을 보고 소리쳤다.

쿠우우!

위즈의 말이 채 끝나기도 전에 케니안이 기가스의 부스터를 최고 출력으로 가동시키며 셀레스틱 캐논에 박혀 있는 탄환을 향해 날아갔다.

그리고 그 속도를 이용해 기가스의 주먹으로 그 탄환을 때렸다.

콰아아아!!!

같은 지점에 연달아 두 번의 강력한 충격을 받은 셀레스틱 캐논의 축은 결국 균열을 일으키며 부러졌고, 충전되어 있던 막대한 마나를 쏟아냈다.

그 마나에 그대로 노출된 기가스는 장갑이 찢기고 찌그러들었다. 그것은 9서클 마법이 시전될 때 자연적으로 발생하는 마나 베리어보다 마나의 밀도가 높았기에 그 무엇보다 날카로운 검이었고, 그 무엇보다 둔중한 둔기였다.

아무리 기가스의 장갑이라도 버틸 수 있는 수준이 아닌 것이다.

"크아아아악!"

그리고 케니안은 전신을 휩쓰는 어마어마한 고통에 비명을 내질렀다.

기가스는 외부의 마나 파동에 대한 완벽한 방어력을 가지고 있었지만, 그것은 기가스가 멀쩡했을 때의 이야기였다. 지금처럼 장갑이 뜯겨 나가고 만신창이가 된 상태에서 그 방어력은 제로였다.

"으아아아아!"

하지만 케니안은 그 고통을 견뎌내며 오히려 애트란을 향해 돌진했다.

만약 지금 기가스를 잃고 후퇴한다면 기가스도, 강습 전투함도 잃은 이상, 공중에 떠 있는 애트란을 막을 수 있는 방법이 더 이상 없다는 순간적인 판단 때문이었다.

콰앙!

그가 애트란을 향해 돌진을 시작하자마자 기가스의 부스터가 터져 나갔고, 그 충격에 기가스는 거대한 해머에 맞은 듯 앞으로 튕겨져 나갔다. 그렇지만 그 덕분에 장갑이 열려 가장 약해져 있는 애트란의 선두 부분을 뚫고 내부로 들어갈 수 있었다.

"케니안!!"

그 모습을 지켜보던 위즈는 HUDC로 케니안을 소리쳐 불렀다. 그러나 돌아오는 것은 치직 거리는 잡음뿐이었다.

"케니안! 대답해!"

"왜… 왜? 도대체 무슨 일이에요? 네? 제발 설명 좀 해줘요!"

위즈의 절박한 모습에 페이린이 그를 붙잡고 흔들며 소리쳤지만, 위즈는 아무런 말도 할 수 없었다.

"으윽……."

케니안은 다리에서부터 밀려오는 고통에 정신을 차렸다.

주위를 둘러보니 기가스의 비상 탈출 장치가 작동한 듯 기가스는 보이지 않고, 여기저기 찢기고 찌그러진 채 하얀 연기를 뿜어내고 있는 비상 탈출 장치만 보였다.

아마 충격에 의해 비상 탈출 장치에서조차 튕겨 나온 것 같았다.

"크으윽… 젠장… 다리가……."

상황을 파악한 그는 무심코 일어서려다 그 단순한 동작이 되지 않는다는 것을 깨닫고 다리를 살펴보았다.

도대체 어떻게 된 것인지 모르겠지만, 자신의 양쪽 다리는 무릎부터 잘려 나가고 없었다.

"크윽… 여기서 끝인가……."

다리가 잘렸다는 것을 깨닫는 순간 어마어마한 고통이 몰려들었지만, 케니안은 그 고통보다 이제 자신이 할 수 있는 것이 없다는 좌절감이 주는 고통이 더 크게 느껴졌다.

"그래도 포기할 수 없어……."

잘린 다리에서 극심한 고통이 밀려왔지만, 케니안은 두 팔로 땅을 짚고 기어가기 시작했다. 이대로 좌절감에 빠져 쓰러져 있을 수는 없었다.

비록 셀레스틱 캐논은 자신이 부러뜨렸지만, 애트란에는 수많은 마나 캐논과 강력한 주포가 남아 있었다. 그것이 아래에 있는 페이린에게 향하는 것을 막아야 했다.

애트란을 막기 위해서는 반드시 마나 코어를 파괴해야 했다. 기가스를 잃은 이상 그 일을 할 수 있는 것은 지금 애트란 내부에 침투한 자신뿐이었다.

그러나 애트란은 너무나 거대했다. 두 다리를 잃은 케니안이 기어서 마나 코어가 있는 곳까지 가는 것은 불가능했고, 애트란을 차지한 존재가 그를 가만히 놔둘지도 미지수였다.

아니, 가만히 놔둔다고 해도 마나 코어에 도착하기도 전에

과다 출혈로 죽음을 맞이할 것이 뻔했다.

"나를 잊었는가……."

그때 그의 정신으로 직접 말을 걸어오는 존재가 있었다.

"누… 누구?"

"그대와 계약한 리니 실리온이다."

그 존재는 바로 고위 바람의 정령, 리니 실리온이었다. 상급 정령이나 중급 정령이었다면 계약자가 소환하지 않았음에도 의지를 전달하는 것은 불가능했겠지만, 그는 고위 정령이었다.

"나를 소환하라. 그리고 마나를 제공하라. 내가 너의 의지를 따르겠다."

원래 E.G는 계약자의 움직임을 따라야만 했다. 하나 리니 실리온은 고위 정령이었고, 계약자의 의지만으로도 E.G를 움직일 수 있을 만큼 강력한 존재였다.

"으윽… 좋아……. 이것으로 희망은 생긴 것인가?"

콰지지직!

케니안은 곧바로 RE-I을 소환했다. 좁은 통로에 거대한 RE-I이 나타나자 통로는 비명을 지르며 터져 나갔다.

케니안은 옷을 찢어 다리를 동여매는 것으로 대충 지혈을 하고서 힘겹게 RE-I에 탑승했다.

"마나 코어는 중앙 2층 섹터에 있었지. 가자."

리니 실리온은 케니안의 의지에 따라 RE—I을 움직였고 곧
앞을 가로막는 모든 것을 파괴하며 달리기 시작했다.

미기와 니힐티리가 융합한 존재는 어떻게든 케니안을 막기
위해 모든 게이트와 방어용 격벽들을 폐쇄했지만, 케니안의
굳은 의지와 리니 실리온의 의지로 움직이고 있는 RE—I을 막
을 수는 없었다.

콰쾅!

결국 케니안은 자신을 가로막은 마지막 게이트를 뚫고 마
침내 애트란의 마나 코어 앞에 섰다.

"후… 후……."

케니안은 극심한 고통과 출혈, 그리고 마나의 소모로 가물
거리는 의식을 붙잡으며 호흡을 가다듬었다.

"저것이 너의 최종 목표인가?"

"그래. 고마웠다. 이제 전력으로 저것을 내려쳐라."

**"저것 안에서 마치 드래곤 몇 마리가 웅크리고 있는 것
같은 어마어마한 마나가 느껴진다. 만약 저것을 이 검으
로 파괴한다면 너는 결코 무사할 수 없다."**

"훗."

케니안은 리니 실리온의 말에 작은 웃음을 지었다.

"상관 말고 내 의지에 따라줘."

케니안은 이제와 살아 돌아가기 위해 포기한다는 것을 상

상도 할 수 없었다. 아니, 애트란에 뛰어들기로 결정한 그 순간부터 이미 최후를 직감하고 있었다.

"알겠다."

결코 변하지 않을 절대적인 의지가 전해져 오자, 리니 실리온은 두말없이 마나 코어를 향해 돌진했다. 그리고 그 힘과 탄력을 그대로 실어 검을 내질렀다.

콰치치직!

쿠그극!!

작은 균열에도 민감한 마나 코어는 거대한 검이 쑤시고 들어오는 것을 버틸 수 없었고, 엄청난 소리를 내며 폭발했다. 그리고 가지고 있던 어마어마한 마나를 모두 뿜어냈다.

쿠콰콰쾅!!

케니안은 자신을 덮쳐 오는 뜨거운 마나의 빛에 눈이 멀어 버렸다. 하지만 그의 시야에는 위즈와 키아스의 얼굴이 차례로 스쳐 갔고, 곧 페이린의 웃는 얼굴이 떠올랐다.

그리고 깨달았다.

비록 자신은 이제 사라지지만, 자신의 희생으로 그들을 지켰다는 것을 말이다.

그 순간 그는 몸을 찢는 고통을 잊을 수 있었고, 고통에 일그러져 있던 얼굴에는 어느새 만족스런 미소가 어려 있었다.

보통의 인간들도 느끼기 힘든, 소중한 것을 지키기 위해 자신을 희생하는 기쁨을 느끼고 있어서였다.

콰아아앙!

"헉!"

갑자기 애트란의 중심에서 어마어마한 폭발이 일어났다. 그리고 애트란은 그 폭발을 이기지 못하고 두 동강 난 채 추락하기 시작했다.

"모두 안으로!!!"

위즈는 멍하니 애트란이 추락하는 광경을 보고 있는 페이린을 안아 들고 소리쳤다. 그리고 죽을힘을 다해 레어 안으로 달렸다.

비록 고도가 그리 높지 않다지만, 이대로 애트란이 떨어져 내리면 어마어마한 충격파가 밀려올 것이 분명했다.

이곳에서 가장 안전한 곳은 드워프가 건설한 드래곤 레어 안이었다. 지금으로선 드워프들이 심혈을 기울여 지은 이 레어가 쉽게 무너지지 않기를 바라는 수밖에 없었다.

"보텔 공작님은 방패로 입구를 막아주십시오!!"

"알겠습니다!"

위즈의 외침에 보텔 공작은 주인을 기다리고 있는 RE-I의 방패들을 가져다 레어의 입구를 완전히 막고 섰다. 그리고 그 순간, 충격파가 드래곤 레어를 휩쓸었다.

쿠쿠쿠쿠쿠쿵!

드래곤 레어는 충격파에 무너질 듯 흔들렸고, 입구를 막고 섰던 보텔 공작의 RE―I도 뒤로 밀려났다.

하지만 드래곤 레어는 그것을 버텨냈다. 보텔 공작 덕분에 충격파에 직접 노출되지도 않았기에 레어 안의 사람들은 무사할 수 있었다.

“이… 이게 대체…….”

후두둑 떨어져 내리는 천장의 파편과 레어 안을 가득 메운 먼지들 사이로 사람들이 하나둘 고개를 들었다.

“위즈님! 이게 어떻게 된 일입니까?”

“키아스님!”

사람들이 위즈와 키아스를 찾으며 물었지만, 그들은 어떤 말도 할 수 없었다.

그때 레어 안에 가득하던 먼지를 밖으로 몰아내는 바람이 불어왔다.

그 바람의 중심에는 리니 실리온이 서 있었다.

“리… 니… 실리온님? 왜 여기에… 설마……?”

페이린은 자신 앞에 나타난 그를 보며 불길한 생각이 들었다. 자신은 그를 소환한 적이 없고, 무엇보다 그는 케니안과 계약한 고위 정령이었다.

“계약은 완료되었다. 이제 나는 계약을 완료한 정령으

로서 정령계로 돌아가겠다."

그렇게 자기 할 말만 남긴 리니 실리온은 페이린이 무엇을 물어볼 틈도 없이 사라져 버렸다.

하지만 페이린은 알고 있었다.

E.G를 가진 기사와 계약한 정령이 계약이 완료되었다고 한 뜻을 말이다.

털썩.

리니 실리온이 사라지자 페이린은 허물어지듯 쓰러지며 정신을 잃어버렸다.

그것은 도저히 받아들일 수 없는 사실을 거부하기 위한, 무의식적인 반응이었다.

　로테르 제국의 수도 엘리에즈는 지금 깊은 슬픔에 잠겨 애도하는 인파의 물결로 가득했다. 그 물결을 이루고 있는 사람들은 남녀노소를 가리지 않고 모두 눈물을 흘리고 있었고, 그들이 흘린 눈물로 엘리에즈에 강이 생길 지경이었다.

　그들이 그렇게 큰 슬픔을 가슴에 안고 수도로 몰려와 추모하고자 하는 이는, 마법을 사용하지 못한 이로는 최초로 현자 칭호를 받고, 로테르 제국의 의회 초대 의장을 지낸 위즈 헤이넨 공작이었다.

　추모의 물결을 선두에서 이끌고 있는 것은 위즈 헤이넨 공작이 영원의 잠을 청한 유리관이었다.

그의 자택을 출발해 수도의 대로를 가로지른 그 추모 행렬은 로테르 제국 의회 의사당 앞의 대광장 앞에서 멈춰 섰다.

로테르 제국의 의회 의사당은 대륙 최초이자 유일의 것이었다. 위즈 헤이넨의 수많은 업적 중에서도 가장 칭송을 받는 것은 E.G의 개발도, 로테르 제국의 부활도 아닌, 바로 의회의 설립이었다.

귀족이 아니라 국민들의 투표로 선임된 자들이 황제를 견제할 수 있게 만든 것은 대륙 역사에 길이길이 남을, 위대한 업적이었다.

그것을 통해 그동안 귀족의 억압을 받던 국민들의 인권과 권익이 크게 향상되었고, 제국과 인간 사회 자체가 건전한 성장을 할 수 있었으니 말이다.

그래서 그의 무덤은 이 의회 의사당 안에 마련되었다.

추모 행렬이 수도를 한 바퀴 돌고 의사당 앞에 멈추어 서자, 그를 맞이하기 위해 기다리고 있던 이들 중 한 명이 앞으로 나섰다. 그리고 그를 기리기 위한 연설을 시작했다.

"위대한 현자이자 로테르 제국을 위해 평생을 공헌한 로테르 의회 초대 의장이셨던 위즈 헤이넨 공작 각하는 우리 제국의 발전뿐만 아니라 대륙의 평화를 위해 그 어떤 수고도 마다하지 않으셨습니다. 그리고 인간의 삶을 보다 인간답게 하기 위해 밤낮을 가리지 않고 고민하셨으며, 그 결과 우리는 과거에는 상상도 할 수 없었던 사회에서 살고 있습니다.”

그렇게 한참을 이어지던 위즈 헤이넨 공작의 업적과 그의 공헌을 기리는 연설이 엄숙한 분위기에서 끝나자, 곧바로 헌화가 이어졌다.

헌화의 첫 번째 순서는 제국의 황제나 의회 의장이 아닌, 그의 부인과 아들, 그리고 평생을 함께한 친우의 것이었다.

그것은 제국의 황제인 아리스 로테르조차 불만을 제기할 수 없는, 온전한 그들만의 몫이었다.

“결국 너마저 갔구나. 이제 나 혼자 남았네.”

얼굴에 세월의 흔적이 깊게 남아 있는 키아스가 수척해진 얼굴로 위즈가 누워 있는 관을 쓰다듬었다. 마법 처리가 된 투명한 강화 유리관 안에 누워 있는 위즈는 그 오랜 시간을 함께한 그도 처음 보는 편안한 얼굴을 하고 있었다.

“고생했어. 이제 편히 쉬어. 페이린과 리무드는 걱정하지 말고.”

슬픔을 감추지 못한 얼굴로 위즈를 바라보던 키아스는, 그렇게 물러나며 그의 가족에게 자리를 양보했다.

“그동안 고마웠어요. 잘 가세요. 그리고……”

검은색 망사가 길게 내려와 얼굴을 가리는 모자를 쓰고 있던 위즈의 부인이 슬픔을 이겨내고 꿋꿋이 말을 이어갔다.

"제 안부 꼭 전해주세요. 그리고 이 아이의 안부도요."

그 말과 함께 바람이 불어와 그녀의 망사를 살짝 들췄다.

흘러간 세월을 말해주는 주름을 눈가에 세기고 있는 그녀는 바로, 페이린이었다.

위즈는 케니안이 애트란을 추락시키고 결국 돌아오지 못하자, 페이린을 가까이서 지켜주는 것이 케니안이 가장 바라는 것이라 생각했다. 그래서 그는 페이린과 결혼을 결심했다.

그녀를 혼자 평생을 살도록 하는 것도 싫었고, 그렇다고 자신이나 키아스가 아닌 다른 남자에게 보내는 것은 더욱 싫어서였다.

페이린은 처음에는 완강하게 반대했지만, 끈질긴 위즈의 설득에 결국 수락하고 말았다.

위즈의 설득 외에도 그녀의 마음을 열 수 있게 한 것은, 위즈가 그녀의 마음속에 케니안이 있다는 것과 영원히 그를 잊지 못한다는 것을 이해해 줄 수 있는 유일한 남자란 사실이었다.

그렇게 페이린과 결혼한 위즈는 그의 모든 능력을 이용해 로테르 제국을 발전시켰다. 그것은 로테르 제국이 아닌 페이린과 그의 아들 리무드를 위한 것이었다.

"아버지, 어머니 걱정은 하지 마십시오. 제가 잘 모시겠습니다. 그리고 아버지가 이룩하신 업적이 무너지지 않도록 최선을 다하겠습니다."

페이린의 말이 끝나자, 그녀의 옆에 서 있던 30대 청년이 다부진 모습으로 말했다. 그 모습은 큰 슬픔을 이겨내며 이제 어른이 된 한 남자로 봐도 충분할 정도였다.

다만 위즈를 아버지라 부르는 그의 얼굴은, 위즈보다는 페이린과 위즈, 키아스가 기억하는 누군가를 더 닮아 있었다.

『이모션 디피션트』 완결

처녀작을 내어놓으며…….

글을 마치며 가장 먼저 든 생각은 '부끄럽다' 였습니다.

제가 쓴 글이지만, 정말 읽어볼 때마다 부끄럽습니다.

이 정도 묘사밖에 하지 못했나, 여기선 이렇게 할걸, 아 문장이 어색하구나, 등등……. 정말 부끄럼투성이의 글이었습니다.

이런 부끄러운 글임에도 불구하고, 제 글을 읽어주신 모든 분들께 감사드립니다.

다음 작품에는 조금은 덜 부끄러운 글로 찾아올 수 있도록 노력하겠습니다.

아울러 이 책이 나오기까지 많은 도움을 주신 청어람 출판사 분들과 여러 작가 분들께 감사드립니다.

특히, 극악의 원고 마감 속도에도 불구하고 욕하지 않고 기다려 주신 담당자분께 이 자리를 빌어 감사와 사죄의 말씀을 드립니다.

무공을 익힐 수 없는 비운의 천재 제갈수.
공작가의 망나니 공자 슈.

운명을 벗어나려는 제갈수의 노력은 망나니 공자의 죽음과 만나 비상한다.

제갈수의 영혼과 슈의 신체를 이어받은 새로운 슈 부르셀라 폰 레비안또 가누비엔
그것은 하나의 위대한 기적!

홀로선별 퓨전 판타지의 신기원!
『기적!』

따뜻한 그의 이야기가 지금 시작된다.